転生したらベルサイユで求婚されました

〜バニラケーキと溺愛の花嫁修業〜

CROSS NOVELS

華藤えれな

NOVEL:Elena Katoh

芦原モカ

ILLUST:Moca Ashihara

CROSS NOVELS

CONTENTS

CROSS NOVELS

CONTENTS

Presented by
Elena Katoh
with
Moca Ashihara

転生したらベルサイユで求婚されました

~バニラケーキと溺愛の花嫁修業~

Novel
華藤えれな

Illust
芦原モカ

CROSS NOVELS

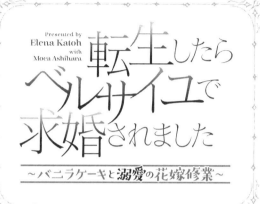

プロローグ

「――待ってくれ、大事なティティ」

もうどのくらいローズガーデンをさまよっていることだろう。甘くかぐわしい薔薇《ばら》の香りに噎《む》せそうになっている。

ベルサイユ宮殿には何度もきているが、こんなにも奥のほうまできたのはアレクサンドルには初めてのことだ。

「どこに行くつもりなんだよ」

かわいいペットでもあり、相棒でもあるティティ。

子猫のような、その愛らしい後ろ姿をさっきからずっと必死になって追いかけていた。

誰かに見つかったら、おもちゃにされてしまうかもしれないのに。

国王も王妃もティティのようなペットは大嫌いだ。それ以前に、宮廷にこんなペットを連れてきたのがバレたらただではすまない。

（いや、違う、嫌いなんじゃない。愛玩《あいがん》する相手だと思っていないだけだ）

アレクサンドルは首を左右に振った。

国王夫妻も皇太后も、実は、こういう生き物が大好きだ。

そう、大好物だったはず。こんなに丸々とした姿で捕まったら、すぐさま料理され、たちまち彼らの胃袋行きだ。

「大変だ、早く捕まえないと」

アレクサンドルは、愛するティティを追う足を早めた。

早く彼を捕まえないと。そして家紋入りの首輪かリボンか頭の飾りでもつけよう。そうすれば、誰かの食卓に並べられてしまうことはないだろう。

「鬼ごっこは今度にしてくれ、ティティ……さあ、早くこっちへ」

それにしても、どこに行こうというのか。これから舞踏会があるからおとなしくしていろと伝えておいたのに。

ティティはどんどん奥へ進んでいく。

軽やかに泉水を飛びこえ、茂みの下をくぐりぬけて、さらに奥へ奥へと。

「待って……くれ……私はそんなに体力はないんだから」

いつのまにか走るのに疲れてきた。

それでも必死にあとをついていくと、アーチ状になった薔薇の植えこみの陰に入ったとたん、どんっとふたり組にぶつかってしまった。

「これは、失礼」

アレクサンドルは反射的に謝った。

「……っ」

目の前には、乱れた格好をした男女。驚いた顔でこちらを見ている。

濃紺の軍服姿の美しく若い将校と、濃い紫色のドレスに身を包んだマダムとが、宵闇《よいやみ》の薔薇の茂みで情事に耽《ふけ》っていたらしい。

今夜は仮面舞踏会が行われるというのもあり、ふたりともマスクをつけている。もちろんアレクサンドルも。だが顔見知りということもあって、すぐに誰なのかわかってしまう。

「まあ、アレクサンドルじゃない」

軽やかな声が響き、アレクサンドルは深々と会釈した。

「すみませんでした、お邪魔をして」

「いいのよ、別に。今夜も夢のように美しいわね。どう、あなたも仲間に加わらない？」

当然のようにマダムに手を差しだされ、アレクサンドルはその手に挨拶《あいさつ》のキスをしたあと、さわやかな笑顔をむけた。

「あ……いえ……あいにく急いでおりますので。では、失礼……」

くるりと背をむけ、ティティの消えた方向へと足を進めていく。そんなアレクサンドルの耳に、背後でささやかれる会話が聞こえてきた。

「残念だわ、それにしても……仮面をつけていても彫刻のように綺麗《きれい》ね」

「ええ、彼は宮廷一の美貌《びぼう》を誇る貴公子ですからね。我々もあこがれています」

夢のように美しい。宮廷一の美貌……。

いつも挨拶代わりにささやかれる言葉だ。

あまりにも聞き慣れすぎているのもあり、軽く耳をとおりぬけていく。

この容姿のせいか、有数の資産家の後継者のせいかわからないが、こんなふうにふいに情事に誘われるのは日常茶飯事だ。

この宮殿の庭園の茂みはいつでも恋愛が楽しめるような造りになっている。自分も一度くらい楽しんでみたいとは思うものの、心を動かされるような誘いは一度もない。

それよりも問題は結婚だ。

『アレクサンドル、あなたが結婚しないと言うなら爵位を弟に譲りますよ』

家に帰ると、いつもそればかり。

どうしたものか——とため息をつきかけ、アレクサンドルはハッとした。

いや、それよりも今はティティをさがしださないと。

どこで、誰がなにをしているかわからないような場所だ。

今みたいに情事を楽しんでいるくらいならいい。なかには、盗賊や泥棒、反政府主義者がまぎれこんでいる可能性もある。

ティティは、人一倍、警戒心が強く、頭もいい。自ら危険なところにむかったりしないとは思う。けれどそれでも世の中に絶対ということはない。

そして……。

気がつけば、ベルサイユ宮殿の広々とした庭園の、その奥まったところにあるローズガーデンのさらに一番奥——小川の流れているあたりにきていた。

さらさらと水が流れる音が心地いい。空には月がのぼり始めている。心地いい風が吹きぬけていく。宮殿のなかにこんなにすてきな場所があったなんて。

「いた、あんなところに」

小川のほとりのつるばらのむこうでティティがじっと座っている。宵の薄明かりにうかびあがった後ろ姿を見て、アレクサンドルはほっと息をついた。ようやく追いついた。

「もう、だめじゃないか、ティティ、こんなところに……」

言いかけ、アレクサンドルははっと言葉を止めた。

ティティの目の前に、ぐったりと倒れている人影があったからだ。

「これは……」

薔薇の花びらに埋もれながら、横たわっているのは妖精《ようせい》のようなお姫さま——ではなく、まだ大人になりきれていない雰囲気の、ほっそりとした青年だった。

「……きみ……」

こんなところで寝ていたら風邪をひくよ。川に流されてしまったらどうするんだ——と声をかけるつもりだったが、あまりにも無防備に眠っている姿が本物の妖精のようでどうしていいかわからなくなった。

つややかな黒髪、透けるような白い肌、清楚《せいそ》な雰囲気の目鼻立ち。

なぜかわからないけれど、両腕で薔薇の刺繍《ししゅう》がほどこされたローズピンクの華やかなドレスを抱きしめている。

彼の褥になっている薔薇の花びらのせいか、ドレスの色のせいかわからないけれど、彼の周りだけふわっと光が踊っているような、そんな気がして胸が高鳴った。

ふと、この国に昔から言い伝わっているおとぎ話を思いだしたからだ。

いばら姫だか、眠り姫だか……いろんな名前で呼ばれている寓話《ぐうわ》。

あれは、たしか魔女の呪いを受けた話だ。薔薇にかこまれた城の奥で、百年間、眠り続けている姫君がいるという。

いばらをくぐりぬけ、城の奥まで入ることに成功した王子がキスをすれば、姫が目を覚ますという展開だった。

アレクサンドルが生まれ育った地域の伝承をもとにしたおとぎ話だ。

『不思議だね、百歳も年上の人と仲良くなれるのかな』

子供のころ、その伝承を母から聞かされたとき、そんな質問をしたことを覚えている。すると母は笑顔で答えた。

『安心して、愛があれば大丈夫。百年や二百年や三百年の年の差くらい、なんてことはないわ。どんなことでも乗り越えられるのよ』

愛があれば……。どんなことでも。

母の言葉は、幼いアレクサンドルの心に深くきざまれた。ほどなくして、母は父と離婚したが……愛はなかったのだろう。百年どころか、同い年だったのに。

そんなことを考えながら、アレクサンドルは彼に近づいていった。

キスをすれば……目を覚ます……か。

本当だろうか。

近づくにつれ、甘い香りが濃くなり、なぜか頭がくらくらとしてくる。

これは薔薇の香りだけではない。これまで味わったことのない、身も心もとろけそうになるような甘ったるい匂いがして胸がざわざわとしてしまうのだ。

キスなんて……愛する相手以外にする気はないのに。そもそも眠っている相手にしてしまうなんて……良くない男のすることだ。

と思うのに、思わず吸い寄せられてしまう。

全然、姫じゃないのに。ただの男の子なのに。

(でも……この子が、私にとっての姫なら楽しいのに)

横たわっている彼のそばにひざをおろして、さらに顔をのぞきこもうとした瞬間、彼にぐいっと袖《そで》をつかまれた。

「……っ…」

なにかささやいている。聞き漏らすまいとアレクサンドルは耳を澄ました。

助けて？　死にたくない？　誰かを愛したい。

そんな声が聞こえてきたような気がしたが、気のせいか？

するとティティがトントンと前足でアレクサンドルの背を叩く。

ふりかえると、ティティの大きな目と視線があう。

彼がこくりとうなずく。

「そうか、きみは……この子を助けたくて……」

だからこんなところまでアレクサンドルに追わせたのかもしれない。

アレクサンドルは仮面をとって腰のポケットに入れると、花の褥に手をついてもう一度彼の顔をのぞきこんだ。

「……っ」

まだなにか伝えようと、かすかに唇を動かして手をさまよわせている。

まなじりはうっすらと濡れ、泣いているようにも感じられた。

「助けて欲しいのか？」

彼の耳元でそっとささやく。するとまなじりに溜まっていた涙がこぼれ落ち、こめかみを伝って薔薇の褥へとしたたっていった。朝露のように、花びらが濡れ、煌《きら》めいて見えた。

「お願い……助け……」

腕をつかむ彼の手に力が加わる。

助ける？　なにから助けられたがっているのか。

「殺さな……」

殺さないで？　そう言ったのか？

アレクサンドルは言葉をたしかめようと、そっと彼の背に腕をまわして抱きおこした。しどけなく腕によりかかるほっそりとした身体の軽さに、なぜかアレクサンドルの胸のあたりがざわつく。

彼から漂ってくる甘い香りのせいだろうか。息を吸いこむと、ふわふわとした気持ちと同時に、狂おしい疼きのようなものが全身を駆けぬけていく。

いつの間にかティティはアレクサンドルのマントの下にかくれていた。

「……」

吸いよせられるようにアレクサンドルはそのまま唇を近づけていった。

唇を重ねかけたものの、しかしすんでのところで止めてしまう。

「ふ……っ」

やめておこう。助けるとしても、この方法ではない気がする。なによりおとぎ話を信じる年齢ではない。あんなことは夢物語だと気づいている。

キスで目覚めるなんて……そんなこと、ありえないだろう。

心のなかで苦笑いし、離れようとしたその瞬間、彼が吐息を漏らした。ふっと川からふきぬけてくる一陣の風が花の香りを運んでくる。

「……ん……」

優雅な扇を広げるように長い睫毛《まつげ》がゆったりとひらいていく。艶やかな宵の色をした眸《ひとみ》が涙で潤んでいる。

「助けて」という言葉の祈りのような光を感じ、甘やかに胸の奥が震えた。

驚いた顔で彼がこちらを見ている。身体もこわばっている。自分がおびえさせていることに気づいた。

野盗にでもさらわれ、こんなところに捨てられたのだろうか。あるいは、命からがら逃げてきたのかもしれしない。

とても不安そうな眸は、悪党を前にしたときの視線に感じられる。

アレクサンドルは目を細め、精一杯、優しく、そして優美な笑みを浮かべた。

「大丈夫かい？」

「え……あ……あの？」

彼が眉をひそめ、不思議そうにじっとこちらを見つめる。悪いやつではないと感じてくれたのか、少しだけ警戒を解いてくれたのがその表情から伝わってきた。

アレクサンドルはほっと安堵《あんど》し、自分でもこれ以上ないほどの笑みを彼にむけた。

「きみ……昼寝でもしていたの？」

あくまで自然に。さも偶然、ここを通りかかった人間のように。

助けてという理由は？

泣いているのはどうして？

なぜ、ここで倒れていたの？

きちんと訊《き》きたかったが、悪い仲間のひとりだと思われて警戒されたくはない。そう思って、可能なかぎりの優しさで。

このすてきな眠り姫が目覚めたら、なにかとても心が踊るようなことがある気がして。

1　約束のバニラケーキ

甘いバニラとミルクバターの香りが厨房《ちゆうぼう》の外まであふれている。

そろそろ新作のバニラとミルクと塩バターのパウンドケーキが焼きあがるはずだ。

そのあとは冷ましてから半分にカットして、はちみつたっぷりのリキュールにつけておいた桃と木苺と生クリームをはさもう。

さわやかな果実と濃厚なはちみつ、それから生クリームのやわらかさが、食べた瞬間から、ふわふわと口のなかを幸せな甘さでとろけさせてくれるだろう。

でも感じられるのは甘さだけじゃない。

仄《ほの》かな塩味と木苺の酸味が食べ終わったあとの口に清涼感をあたえてくれるはずだ。

「よし……これで完璧だ」

バニラクリームやフルーツの仕込みも終了している。

すべてばっちりだ。

パウンドケーキが焼きあがっても冷めるのには時間がかかる。それまでの間に、別の仕事をしておかなければ——と、紗季《さき》は厨房の前のフラワーガーデンで、満開の白と紫のライラックの花を両手いっぱいに集め始めた。

やわらかな春の陽射しが心地いい。

フラワーガーデンには、ライラックだけでなく、薔薇や雛罌粟《ひなげし》といった色あざやかな花が夢のように咲いている。

「今日のベルサイユは……まばゆいばかりに綺麗だな」

ポツリとひとりごとを呟き、生垣の先に視線を向けた。紗季のくせのない髪をさわやかな春風がふんわりと撫でていく。

この位置からだと、ちょうど、世界屈指の観光名所ベルサイユ宮殿を一望することができる。

少しばかり高台になったシャトーホテルのフラワーガーデンから、そのきらびやかな姿を眺めるのがとても好きだ。

ベルサイユ宮殿は、かつては王侯貴族たちが優雅に過ごしていた場所だ。権力と富の象徴としてフランス革命時、あそこに住んでいた国王一家は国民の敵となってしまったが、皮肉なことに今では、世界有数の観光地としてフランスの貴重な観光資源となっている。

「おーい、紗季、早くしてくれ」

ガーデンパーティの支度をしている男性が薔薇の茂みのむこうの建物から声をかけてくる。紗季はハッとわれにかえった。

「ジャンおじさん、花、ここに飾っておくよ」

庭先にあるパーティー用の別館に入ると、紗季は鏡に囲まれたホールのテラスに置かれた花瓶にライラックの花束を飾った。このテラスからは階段を数段降りれば、ローズガーデンに出て、ベルサイユ宮殿を眺めることもできる。

「花の量、多すぎたかな」

「あ、余ったなら、こっちにも入れてくれ」

今夜、この古いシャトーホテルのローズガーデン内にあるローズホールで仮面舞踏会が行われるので紗季も手伝うことになっていた。

さっきまで厨房で作っていたバニラケーキは、客人に出すお菓子のひとつだった。

「今夜は、たくさんのセレブを招待した。楽しみだな」

すでにロココ調の貴族風の衣装をつけて現れたのは、このホテルのオーナーのジャン。紗季の父方の遠縁にあたる。

金髪、灰色がかった青い瞳で、すらりとした長身のジャンは、少し線が細い、彫刻のような風貌のイケメンだ。

そろそろ四十歳になるようだ。

少しハスキーな声に年齢相応の渋さが加わって色香が増したせいか、この仮面舞踏会に顔を出す客たちに男女問わず大人気である。

「あれ、おじさん、もう着替えてるの？」

仮面舞踏会は夕方からだ。いくらなんでも午前中からその格好はないだろう。

「うん、今日は、一日、仮面舞踏会の世界にひたっていたい気分なんだ。どこからどう見ても、ルイ王朝時代の貴族に見えるだろう？」

紗季は笑顔で「そうだね」とうなずいた。

彼が金色の刺繍のゴージャスな真紅の衣装を身につけると、そこだけ一気にバロックかロココの時代にタイムスリップしたような気がする。

見れば、他の使用人たちもすでに宮廷の晩餐会《ばんさんかい》のスタッフのような格好をしていた。

（もしかして……ぼくだけ、浮いてる？）

紗季は鏡に映っている自分を見て苦い笑みを浮かべた。

白いシャツに細身のデニム、このホテルの売店で販売しているエプロン。足元は歩きやすいサンダルだ。

（まあ、いいか。ぼくは出席するわけではないんだし）

紗季はしゃがみこみ、床に落ちてしまったライラックの花びらを集めた。

やや茶色がかった黒髪に黒い眸、フランス人の父親と日本人の母との間に生まれた紗季は、母親がつけた日本名を名乗っているものの、一度も日本の地を踏んだことのないれっきとしたフランス人である。

父は有名なパティスリーで働くパティシエで、母はバレエダンサーだった。

一見、接点のないふたりだが、母がパリのバレエ団で研修中に父と知りあって結婚した。淋しい留学生活、ふと口にしたお菓子のおいしさに救われたのが出会いだったとか。

ダンサーなのでカロリーの少ないダックワースをよく父が作ってくれたらしいが、本当はバニラのパウンドケーキが大好物だった。

結婚して、紗季が生まれたあと、一年に一度、紗季の誕生日をバニラケーキデーにして、その日だけ、母はダイエットを忘れてケーキを食べることにしていた。

（そう……毎年、父さんが作ってたんだよな。今日のケーキは……父さんが、次のぼくの誕生日に作

ると言っていたケーキのイメージをもとにした。ふたりにも食べてもらいたかったな）

幼いころは、紗季も母のバレエ団付属のバレエ学校に入ってダンスを習っていた。けれど母親似の小柄で華奢な骨格というのもあり、女性を持ちあげる男性ダンサーにはむいていないと思い、中学になる直前にプロを目指すのはあきらめたのだ。

そのころ、両親が事故で亡くなったというのもある。

ふたりは互いの親族に反対されての駆け落ち婚だったため、紗季は行くあてがなく、途方にくれていたとき、このシャトーホテルを経営している父方の遠縁――ジャンという男性が保護者になってくれた。

ここの敷地内にある別館に住まわせてくれただけでなく、近郊の学校にも通わせてくれた。

そのおかげで紗季はパリの製菓学校に入学できたのだ。

三年ほど勉強し、今はパリのオペラ座の近くにあるパティスリーでパティシエ見習いとして働いている。

ふだんは店に通いやすいアパルトマンでひとり暮らしをしているが、休みのたび、世話になったジャンの手伝いがしたくて帰省していた。

週末の仮面舞踏会の会場はシャトーホテルの本館ではなく、フラワーガーデンを挟んだ奥の別館にあるローズホールと決まっていた。昨日のうちに専門の業者が完璧にセッティングをすませているのだが、もう少し素朴な雰囲気の季節の花が欲しいというジャンにたのまれ、紗季は庭に咲いているライラックを摘んできたのだ。

「せっかくの休みなのに悪いな、紗季。花までたのんで。ケーキの新作は？」

「今、焼いているところ」

「うーん、いつも紗季からはバニラのいい香りがするな。今回の新作はうまくいきそうか？」

「すごくいいのが完成すると思う。これがうまくいったら、新作として店に出してくれるって」

「おっと、そうなったら、紗季もいよいよ一人前のパティシエだな」

うれしそうに顔をほころばせるジャンに、胸の奥がジンとする。

「うん、やっと。ようやくおじさんに恩返しができるよ。一番に味見してね」

まだ完成したわけではないけれど、多分大丈夫。今回のケーキには自信がある。

「紗季のケーキはとってもおいしいからな。完成が楽しみだ。……だがな……紗季、仕事熱心なのもいいが、ちゃんと美容院に行くんだ。何だ、その髪は。最近、パリっ子の間ではそういうヘアスタイルがはやっているみたいだが」

ジャンは紗季の髪をツンツンとひっぱった。

言われてみれば、若い男性の間で、肩くらいまで伸びた髪をぞんざいに束ね、後ろでゆるいお団子にするのがはやっているとは思う。

だが紗季の場合は違う。美容院に行く時間がなかったので、すっかり伸びてしまって後ろでまとめているだけだ。

仕事場のときは、後れ毛の一本も出ないよう、ちゃんとタイトにまとめて帽子をかぶっているが、今日は風が強くていつの間にか結び方がゆるくなり、横髪や後れ毛が落ちていた。

「ホテルの美容室で、明日にでもちゃんとカットしてもらいなさい。エプロンのせいもあるが、それではどう見てもヤンチャな少女だ」

手伝いがしやすいようにと、真新しい薔薇模様のピンクのフリルエプロンをつけた紗季の全身をジャンがあきれたように見つめる。

「少女ってことはないよ。ただ、せっかくだし、うちのホテルで売っているグッズを身につけたほうが売り上げに協力できるかと思って。これ、新作だよね？」

「それはそうだが、おまえはそれでなくても高校生くらいにしか見えない童顔だし、そんな格好の助手がいると、ロリータ趣味のおじさんだと思われてしまう。私は社交界で大人の恋を楽しむのが好きなんだから」

「大丈夫、おじさんにそんな趣味がないのはみんな知ってるから。まあ、でもたしかに男がこのエプロンはないかなあ」

紗季は苦笑いした。

たしかに百六十五センチの身長と華奢な肩、それにくるっとした大きな目が童顔で、未成年に間違えられることは多い。

とはいえ、普段は女の子と勘違いされることはない。だが、それでもさすがにピンクの薔薇模様のフリルエプロンはちょっとまずい気もしてきた。

「いいよ、そのままで。売りあげに協力しようという気持ちはありがたい。いいじゃないか、男の子が身につけてもかわいいローズエプロンてのも」

「じゃあ、ほかの色も考えたら？」

「それはいいな。新しいことを考えていかないと。ここ何年か、経営が厳しくてね。最近、シャトーホテルでも、中のシステムがモダンでＩＴ化しているほうが流行で、うちみたいな古いままの不便なところは人気がなくなっているんだ」

ジャンが不安気に言う通り、そういう時代の流れには逆らえない。

かつての王侯貴族の館をリノベーションした古城ホテルは、世界中の観光客に大人気ではあるものの、Wi-Fi《ワイファイ》は必須《ひっす》だし、スパやエステを併設したところが人気だ。レストランもオーガニック系の創作料理やヘルシーな東洋料理などをとりいれているところも多い。

「新しいものもいいけど、ぼくは……昔のままの、わざと不便にしているこのホテルの空気感、けっこう好きだけど。ここにいるだけで現実を忘れられそうで」

このエプロンもそう。ちょっと古い時代を連想させてすてきだ。

「そう、それが好きなんだ。ここではないどこか。……でもみんなが望んでいるのは本物じゃなく、それっぽさを感じさせながらも、現代的な便利さを失っていない場所なんだ」

それはあるだろう。今は何でもネットで検索できるし、世界の裏にいても一瞬で連絡がつくようになった。

飛行機で空も飛べるし、トイレも大進化しているし、アプリで食べ物もタクシーも調達できる。その便利さに慣れてしまった人間からすれば、できるだけ古い雰囲気を保とうとしているこのホテルは不便なのかもしれない。

わざと電気を通さず庭には蠟燭《ろうそく》のランタンを灯しているし、ホールのシャンデリアも昔風の蠟燭や燭台《しょくだい》を使っている。

ホテルの庭園や奥のほうにある果樹園には、馬か馬車でしか移動できない。

厨房にも古いかまどがある。

今日は、さすがにきちんとしたオーブンを使っているけれど。時々、そのかまどを使ってお菓子作りをすることがある。それはそれでなかなか楽しい。

「ぼく……好きだけどな、不便と思ったこともないし」

といっても、十代前半からここで育ったので、ただ単にここでの不便さに慣れているだけといえばそれだけのことなのだが。

「でも維持費と人件費が大変だし、やっぱり時代の波には逆らえないと感じることも多いよ。……ところで、紗季、そんなことより、一度、尋ねたかったのだが、おまえ、休みに一緒に過ごす恋人はいないのか？」

「あ、うん」

当然のように紗季はうなずいた。

「ダメだな、紗季は綺麗な顔をしているんだからモテるだろうに」

「モテはするよ、お年寄りと子供と動物に。それに恋人は必要ないよ」

「どうして？」

「……あまり興味がなくて」

「それはいかんな。フランス男なのに恋愛を楽しまないなんて残念すぎるぞ」

「だけど……ぼくは日本人とのハーフだし……」

ジャンの遠縁といっても、黒髪、黒い瞳の紗季は完璧なフランス人には見えない。

かといって、完全な東洋人の顔をしているわけでもない。母方の血が色濃くでているのは、髪と目の色、そしてきめ細かな肌と小柄な体型で、目鼻立ちがわりとはっきりしているので、どこの国の人間なのか、実際はわかりにくいと言われることが多い。

「ハーフだからエキゾチックな感じが出ていいんじゃないか。真っ白な陶器のような肌、その神秘的な瞳の雰囲気……紗季には何とも言えない魅力があるぞ」

「そうかな、だったらうれしいけど」

「そうだ、だから恋をして、人生を甘いピンク色に染めないと」

恋……か。

考えたこともなかった。

両親を事故で亡くしたときの喪失感は今も忘れられない。学校での授業中、警察からいきなり連絡があった。

パリ郊外の高速道路での玉突き事故にまきこまれたのですぐにきてほしい――――と。

それからなにがどうなったのか、ほとんど覚えていない。

しばらく心がずっと空っぽだった気がする。

保護者代わりの親族や引き取り手が見つからないことをはじめ、パティスリー開業のために父が借り入れた銀行の借金、アパルトマンの契約などなど、いろんな問題が山積みで、自分の哀しみに浸ることもできなかった。

ジャンが現れ、安心して暮らせるようになるまで、泣くことすらできなかったのだ。

ひきとられ、一年が過ぎたころ、ようやく自分の哀しみに気づいた。

猛烈な喪失感に襲われ、胸がえぐられるような痛みに、息をするのさえままならないほどの激しい哀しさに襲われ、夜中に何度も号泣した。

もう両親はいない。愛する家族はいない。それなのに自分はどうして生きているのだろう。どうしてどうして……と。

それは、今も続いている。

時折、ふっと深夜にわけもわからず泣きだすことがあるのだ。

(そのせいだろうか……誰かを好きになったりできないのは)

怖いのかもしれない。人を好きになって、また突然、喪《うしな》うのが。だから誰も好きにならないよう、無意識にセーブしているのかも……。

そんなことを紗季が考えているうちに、ジャンは器用な手つきで紗季の髪をゆるくまとめて髪にピンクと白のミニバラを飾りのようにさしこんでいった。

なかなか器用だ。

「うんうん、いいぞいいぞ。われながら天才じゃないかと思うほどかわいくできたぞ。これでいつでも恋が楽しめるはずだ」

「ちょ……いくらなんでもこれはないよ……女の子になってしまう」

紗季は思いきり苦笑いした。

「そうだ、ちょうどいい、そのまま舞踏会に出てくれ。おまえにぴったりの衣装がある」

ジャンは、床に並べられていた衣装ケースから黒いシスター服をとりだして紗季にぽいと放り投げた。

「待って、おじさん、この髪型でシスター服はないよ」

「じゃあ、そうだな、こっちの衣装はどうだ。少女ついでにおまえはこれを着て、そのあたりでワインでも持って笑っていてくれ」

今度は薔薇模様の美しいドレスを紗季の腕に押しこむ。

「ちょ……これじゃあ、完璧な女装じゃないか」

驚くほど綺麗なドレスだ。アゲハ蝶《ちょう》の羽のように軽く、触れただけで手が綺麗になりそうなさらさらとした生地だ。

「いいじゃないか。今日は女性のゲストが少ないんだ。紗季は社交ダンスも宮廷のダンスも得意だし、そのドレスを着て、客人の相手をしてくれ」

「あのね」

「絶対に似合うぞ。ああ、このままタイムスリップできたらいいのに」

ジャンの口ぐせだ。

紗季をひきとったころからずっとそんなことばかり口にしている。

夢みがちなロマンチストなのか、ただの変人か。たくさん恋愛もしているのに、結婚もせず、決まったパートナーもなく、子供もいないのはこの妙な性格のせいかもしれない。

(でも……憎めないんだけど)

十代前半から、紗季にとっては唯一の親族だ。いつも明るくて優しいし、ちょっとくらい変な人でもいいやと思っている。

「夢のような話だけど、本当にタイムスリップができたらいいね」

「古い文献によると、うちの庭の、あの石像の謎を解明することができれば、好きな時代に一度だけタイムスリップすることができるはずなんだが」

ジャンはホールに面した庭園にある、小さな石碑に視線をむけた。

「ああ、あれ」

薔薇に囲まれているので目立たないのだが、そこに不思議な石碑がある。ウサギかカエルかわからないけれど、丸っこい生き物の石像だ。そしてそのまわりに同じ石でできた石碑らしきもの。

かつて太陽崇拝の祭場に使われていたとかいないとか。ルーン文字が刻まれているが、もちろん紗季には読めない。

「あの石像には神秘的な力があるらしいが」

まじめな顔で話しているジャンにはもうしわけないが、紗季自身はスピリチュアルにはまったく興味がないので、特にそのような神秘的な力は感じない。

ミステリアスな形や文字だとは思うものの、どう見てもただの遺跡でしかないと思う。触っても熱くなったりしないし、不思議な霧が出たりもしない。

「昔からずっとあそこにあるの？」

「いや、我々の先祖がさる侯爵家の地下から掘りおこしたものなんだよ」

我々の先祖――古い貴族だったとか。

くわしいことはわからないけれど、あの有名なフランス革命やパリコミューンを生き残り、現在にいたるというのは聞いている。

「その侯爵家というのは……うちのトレモイユ家とは関係ないんだよね？」

「ああ、うちは……たいしたことなかったみたいだ。ベルサイユ居住区に住むことは許可されたようだが、特にいい立場だったという記録はないな。近衛兵《このえへい》の隊長だか何だかをしていたらしいことくらいはわかるが」

もともと石像があったのは、王家にも匹敵するほどの裕福な侯爵家らしい。海外と自由に貿易をしていたとか。

その結果、侯爵家はあまりにも繁栄しすぎてルイ十四世の時代に取りつぶされたという話を本で読んだことがある。

「その侯爵家はもうないんだよね？」

「ああ、断絶したはずだ、フランス革命よりもずっと前に。侯爵家の巨万の富をめぐって、妻だか婚約者だかの手引きで、当主が殺されたという記録が残っている」

「パートナーに？」

「ああ、毒殺されたようだ」

「毒殺っ！」

「文献によると、相当な悪党だったようだ。ジル・ド・レやマルキ・ド・サドのように残忍で、強欲で、男女関係なく陵辱のかぎりを尽くし、トルコの捕虜は串刺しにして地面につきさして、それを見ながら晩餐会をひらいたとか。その上、密輸もしていたらしい」

本当だろうか。おじさん、時々、歴史と伝説がごっちゃになっているけど。最後のほうは、ドラキュラ伯爵の逸話が混じっている気がしないでもない。

「あの石像は、侯爵家の地下にあったときは何の効力もなく、長い時間をかけて、ただの石と化してしまったようだが、侯爵の断末魔の返り血を浴びたとき、力をとりもどしたそうだ。それ以来、自分が主人と決めたものを時空の旅に出させたり、未来を予知する夢を見させてくれたりするようになったとか」

「あの……毒殺なのに……どうして返り血を?」

紗季が思わず問いかけると、ジャンは「え……」と目を見ひらいた。

「……おまえ、リアリストだな、そんなことに気づくなんて」

「ふつう、気づかない?」

「うん……たしかに」

ああでもない、こうでもない、と腕を組み、何度か右に左にと交互に首をかたむけたあと、ジャンはにっこりと微笑した。

そして紗季の肩をポンポンと叩く。

「まあ、細かなことを気にするのはやめよう。伝承や迷信というのはそういうものさ。そもそも不思議な現象に一度もでくわしたことはないんだし。でも、夢をみるくらいは自由だろう? ベルサイユ宮殿の時代にタイムスリップするのが私の夢なんだ。昨日もそんな夢を見た。おまえも私も宮廷で踊っているんだ」

笑いながらテラスに出ると、ジャンは手すりから身をのりだして、階段の下にある丸い石像をのぞきこんだ。階段といっても数段だけど。

「だから、毎日、祈ってるんだ。神さま、私を十七世紀の宮廷に逃してください。お願いします、このままだと横流しの件で、いつか命を狙われて……」

冗談なのか本気なのか。横流しとか命とか、どういうことだろう。夢を見たと言っていたけど、なにかドラマチックな幻影でも見たのだろうか。

「お願いします、神さま、どうか」

真剣に祈っているジャンに背をむけて、紗季は手にしていたドレスとシスター服を手すりにかけて階段を降りようとした。

そろそろバニラケーキが焼きあがるころだ。招待客がくる前に綺麗にしあげないと。着替えるにしろ着替えないにしろ、ケーキが完成してからだ。

「どこにいく、紗季。着替えを忘れているぞ」

ジャンがシスター服ごとドレスを手につかみ、紗季にポンと投げる。足を止め、紗季はとっさに受けとった。

「待って、着替えよりもケーキを先に。新作なんだ、すごくおいしいのができると思うから」

そう言って、もう一度、ジャンに背をむけたときだった。きゃーっと空気を切り裂くような叫び声が響きわたった。

「――――っ！」

弾《はじ》かれたようにふりかえると、けたたましくガラスの砕ける音と銃声が耳を貫いた。テラスとは反対側の扉から銃を手にした男たちがドカドカと入りこんできた。

叫び声をあげ、あわてふためきながら、従業員たちがガラスの置物や花瓶を倒しながら外へと出ていく。

「こんなところにいたのか」

テラスにいるジャンに気づき、男たちが近づいてくる。

「……っ」

一体、なにが起こったのか。男たちの銃口はジャンにむけられていた。

その斜め後ろ、テラスから庭園へと続く階段の、一段だけ低い位置に立ち、紗季はドレスとシスター服を腕に抱いたまま硬直していた。

突然すぎて、なにがなんだかわからない。まだ客は来ていないが、従業員たちは無事だろうか。

「ジャン、覚悟しろ」

中央にいた男が手をあげて合図をした瞬間、両脇にいた男たちの銃が火を吹いた。けたたましい破裂音が響きわたる。

「うわあ！」

「ジャンおじさんっ！」

目の前でジャンの身体が後ろに吹き飛んでいく。

胸や腹部を撃たれたジャンの身体は勢いよく階段に飾られていた花瓶にぶつかり、バラバラと陶器の破片があたりに飛び散る。

「うっ……」

破片が降りかかってきたが、避けることもできないまま、紗季は呆然と目を見ひらいて階段の下に落ちていったジャンの姿を追った。

ドスっと音を立ててジャンの身体が花壇に落ち、ふわっと花びらが散乱する。ジャンはびくっと痙《けい》攣《れん》したかと思うと、そのまま動かなくなった。

「おじさんっ、おじさん！」

とっさに紗季は、階段を駆け降りようとしたが、ひざが震え、そのまま足を踏み外してしまった。

滑り落ちた紗季の目の前に、双眸《そうぼう》を見ひらいたまま、身動きしないジャンの姿があった。

「おじさん……っ」

彼の衣装の胸には、焦げたような銃弾の痕《あと》……。

（……バカな……）

さっきまで楽しく話をしていたのに。どうして。

あまりのことに頭が真っ白になっている。

全身をがくがくと震わせたまま、半身を起こした紗季は自分にも銃がむけられていることに気づいてハッとしてふりあおいだ。

「こいつ、何者だ」

「……ジャンの身内だ」

「……！」

ひきつった顔で階段の下から見上げると、太陽を反射した男たちの銃がきらりと光った。

なにが起きているのかわからない。だが、このままだと自分も殺されるということだけは気づいていた。

ここにいる彼らは何者なのか、ジャンは死んでしまったのか。

「そのドレス……おまえも、舞踏会の参加者か。ということは、ジャンと一緒になって、組織のブツを横流しして勝手に売りさばいていたんだな」

突然のことに頭が混乱する。組織？　ブツって？

「ボスの命令だ。裏切りには死を」

「な……っ！」

「組織を裏切った者には血で償ってもらう。それが我々の決まりだ」

ジャンはギャングと関わっていたのか――？

うさんくさい人だとは思っていた。

この古城ホテルもローズガーデンもかなりの維持費が必要だ。資金源をどうしているのか疑惑を持っていたこともあった。貴族の末裔《まつえい》といっても、フランスにはごろごろいる。

そのなかでもジャンはいつも贅沢《ぜいたく》な暮らしをし、社交界にも顔をだして、いろんなところで遊んでいた。仮面舞踏会もそのひとつだろう。

（まさか……麻薬を売買していたなんて）

信じられないものでも見るような目で、紗季は地面に座りこんだまま無意識のうちにあとずさっていた。

「……っ！」

しかし背中が薔薇の茂みにぶつかってしまう。指先が石像に引っかかったと思った次の瞬間、自分にむけられた銃が破裂音を響かせたことに気づいた。

「う……っ！」

続けざまに弾丸が胸にぶつかり、そこから砕け散っていくような強い衝撃を感じた。

どうして、どうしてこんなことに――。

視界が大きく揺れ、やわらかなベビーブルーの空が見えたかと思うと、薔薇の茂みに背中から倒れこんでいった。

立ちこめる硝煙。胸が痛い。息苦しい。

「くっ」

ピンクの薔薇の花びらが、ぱぁっと雪のように舞いあがっていく。気づけばドレスごと、小さな石像にしがみついていた。

このまま殺されてしまうのだ、そう思った。

ジャンおじさん、組織のブッってなんだよ。イタリアのマフィア？　それともフランスのギャング？

ああ、そんなことはどうでもいい。おじさん、恨むよ。

紗季・トレモイユ。

二十一歳。職業、パティシエ見習い。

まじめに生きてきたのに。一生懸命働いていたのに。

寝る間も惜しんで働き、移民相手のボランティアもして、親のいない子供たちにパンやケーキをプレゼントしてナイチンゲールのようだとか、マザーテレサのようだ——なんて言われていたのに。

それなのに、人生……こんなにあっさり終わってしまうの——？

神さま、世の中はこんなにも不公平なのですか？

もっと生きたいです。新作のケーキもまだ完成していないんです。やっと一人前のパティシエになれそうなのに。

なにより死ぬ前に、一度くらい恋がしたいです。毎日が薔薇色に染まるような。勇気を出して、ちゃんと誰かを愛したいです。

だからお願いします。

神さま、助けて、殺さないで――――。

†

「……助けて……死にたくない……」

恋がしたい。誰かを愛したい。たくさんおいしいケーキを作りたい。まだ死ねない。

「う……っ！」

きらりと光る銃口の残像。そして爆竹のような破裂音が耳から離れない。

ジャンが殺されてしまった。そして自分も一緒に殺されてしまうのだ。

目を閉じてからどのくらい経《た》つのか。

いつしか周りはさわさわと草むらを撫でる風の音だけの空間へと変化していった。

どうしたのだろう、ひどく静かだ。

みんな、殺されてしまったのだろうか、従業員もすべて。だからこんなにシンとしているのかもしれない。

空気に涼しさがゆるやかに加わり、夕刻の訪れを教えてくれる。

それでも空は明るいままだ。もうこんな時間？　気を失っていたらしい。

今の季節、夜になってもすぐに暗くなることはない。いつまでもぼんやりとした白い空が広がっている。

うっすらと暮れかかった空に、宵の明星がきらめいているのがわかる。

横たわったまま、ぼんやりと空を見あげているうちに、誰かが近づいてくる気配を感じた。

さっきの男たちだろうか。とっさに紗季は目を閉じて死んだふりをした。

それでも薄目を開け、気配のするほうに眼差しをむけると、こちらにむかって歩いてくるすらりとした長身の男のシルエットがかすかに見えた。なぜかその足元にカエルがいる。

バロック風かロココ風かわからないけれど、ベルサイユ宮廷にいそうな感じの衣装を身にまとった若い男だ。

金髪がさらさらと風になびいている。仮面をつけてはいるものの、おそろしいほど美しい風貌の男性というのがわかった。

ギャングではなさそうだ。ジャンが招待した仮面舞踏会の客かもしれない。それなら助けを呼んでくれるかもしれない。

「……助け……」

紗季はすがるような思いでその男の腕をつかんだ。

仮面を外してポケットにいれ、手につけていた白手袋をとると、男は紗季のすぐそばに膝をつき、こめかみに手を伸ばしてきた。

「助けて欲しいのか？」

ふわっとたちこめる甘い薔薇の香り。

ああ、やっぱり招待客だ、よかった、生きていた、助かった……と思ったとたん、こめかみから一粒の涙が流れ落ちていった。

「お願い……助け……殺さな……」

腕をつかむ彼の手に力が加わる。

彼はそっと紗季の背に腕をまわして抱き起こした。そのまま唇が近づいてくる。

「……っ……」

紗季は驚いて目を見ひらいた。彼が目を細め、優美な笑みを浮かべた。

「大丈夫かい？」

「え……あ……あの」

招待客にこんなひとがいただろうか。社交界の仲間にこれほどまでに綺麗な人がいたなんて。

呆然としている紗季にほほえみかけ、彼が問いかけてくる。

「きみ……昼寝でもしていたの？」

「え……」

紗季は自分が薔薇色のドレスを抱きしめていることに気づいた。これがクッションになって銃弾を受けなかったのかもしれない。

「……あの……」

紗季は半身を起こした。

「だめだよ、こんなところで眠ったら。そのような薄着をして」

帽子をとり、男は紗季の顔をのぞきこむと、心配そうに問いかけてきた。ジャンよりさらに古風な話し方をしているが、上品でとても優しそうな雰囲気だ。

「え……」

　今、彼の背後にいたカエルがぴょんとその背に飛び乗ったような気がするが、まだ寝ぼけているのだろうか。

「どうしたの」

「あ、いえ、あの……あなたは……今夜の仮面舞踏会にいらしたお客さんですか？」

　紗季は恐る恐る問いかけた。

「そうだよ。リオンヌ侯爵家のアレクサンドルだ。ルイ・アレクサンドル・ド・リオンヌ・ルデュエールだ。怪しいものじゃない」

　と言われてもわからない。そんな長い名前、覚えられないけれど、たいそう立派な名前だというのはわかった。

「あ、ぼくは紗季といいます」

「そう、紗季か。あまり聞き慣れない名前だけど、きみも招待客なんだね」

　優しい口調で話しかけられてはいるものの、紗季にはさっきの男たちがどうなったか気がかりでしかたない。

　きょろきょろとあたりを見まわすが、それらしき人物はいない。ジャンおじさんの姿もない。

「あ、あの……ギャングはどうなりました？」

「ギャング？」

「え、ええ、ヤクザ者ですよ。銃を持った覆面の男たちに出くわしませんでしたか？」

　なおも周囲を気にしている紗季をおちつかせるかのように肩に手をかけ、「ちょっと待って。たしかめるね」とアレクサンドルと名乗った男は微笑した。

　立ちあがってぐるりと周囲を確認したあと、また紗季の前にひざを落とした。

「大丈夫、誰もいないよ」

「そうですか……よかった」

「やはりならずものに追われていたのか。野盗や悪党にさらわれ、命からがらここに逃げてきた……というわけだな」

　語彙《ごい》まで古風になっている。すっかりその気になっているのか。

「いえ……さらわれたわけではないです。ぼくの親戚《しんせき》の、このシャトーホテルのオーナーのジャンおじさんがその仲間だったみたいで……おじさんが撃たれて、ぼくも撃たれたと思ったんですが、こんなところに倒れていて」

　紗季は胸を手でさぐった。ない、撃たれた痕跡《こんせき》がどこにもない。

「そうか、やっぱりドレスがクッションになったのかな」

　紗季は薔薇模様のドレスとシスター服を何度か裏返したり、広げたりしてたしかめてみたが、どこにも銃で撃たれたような痕跡はなかった。

　あれはどういうことだったのだろう。夢だったのか、たしかに衝撃を受けた気がするけど。

「ねえ、きみ。どうしたの、ドレスはちゃんと着ないと。今の季節、夜はまだ冷えるんだから風邪をひいてしまうよ」

　ふんわりと微笑し、アレクサンドルはすぽっと紗季の頭上からドレスをかぶせた。腕をとおさせ、背中のボタンを留めてくれる。

「うーん、髪飾りが足りないね。あ、ちょうどいい、この薔薇を」

茂みの下に落ちていたピンクの薔薇を一輪とると、アレクサンドルは紗季の髪に挿した。

「すてきだ。いいね、とても素朴な感じで。首飾りや指輪がなくても宝石も、きみの肌が真珠のように輝いているから十分だね」

「それは……どうも」

紗季の髪とドレスをひととおり整えたあと、アレクサンドルはまわりを気にしながら小声で尋ねてきた。

「それで……きみもならずものの一味なのか?」

とっさに紗季は首を左右にふった。

「え、いいえ、ぼくは違います。ぼくはただのパティシエです」

「パティシエ? ああ、菓子専用の料理人か。どこで作ってるの? このベルサイユ宮殿で?」

「ま、まさか、とんでもない。パリです」

紗季は笑いながら、さらに首を左右にふった。ベルサイユ宮殿のなかにケーキを出しているカフェなんてあっただろうか。

「パリの修道院で?」

「い、いいえ、たしかに製菓学校時代、パリの聖ジョアン修道院に、清めの日のクレープ、クリスマスのケーキ、復活祭のお菓子作りを手伝いに行ったことはありましたが」

「ああ、あの聖ジョアンか」

「ご存知ですか?」

「よく知っている。お堅くて、凛々しくて、綺麗なシスターがいるだろう?」

「シスターのことまではよく知らないのですが」

紗季は苦笑いした。

「そう、下っ端なんだね」

「ええ、まだ勤務したばかりで」

「まだ見習い?」

「そうですね」

「わかったぞ、修道会での菓子作りがイヤになって、こっそり抜けだしてきたんだろう?」

「こっそりではなくて……今日は職場が休みだったので」

「なるほど。それで、どうして修道院に出入りしている菓子料理人のきみがならずものに銃で撃たれたりするんだ? なにもかもめちゃくちゃな感じがするよ」

「それは……ぼくもよくわからないのです」

紗季の返事にアレクサンドルは、一瞬、きょとんとしたあと、「まあ、いいか」と呟き、優雅に微笑した。

「そうか。わからないのなら深く考えてもどうしようもないね」

さらっと言われ、紗季はからかわれているような気がした。

「え……いいんですか、銃で撃たれそうになったんですよ、危険だとは……」

「大丈夫、私はこう見えても宮廷一の銃の使い手だよ」

彼はすっと胸から綺麗な銃をとりだした。

「これは、私のオリジナルの、バラ模様の銃だ。綺麗だろう?」

すごい、アンティーク銃だ。細部まで綺麗に手入れされているので新しく見える。

「これ、ちゃんと撃てるのですか？」

「もちろんだよ。それでその菓子料理人さんがどうして仮面舞踏会に？」

深く考えてもしかたないと言ったのに。やっぱり気になるらしい。

「今日はジャンおじさんの手伝いを。一応、ぼくもトレモイユ家の人間なので」

「トレモイユ？　ああ、子爵家のゆかりの人間なのか。ジャンおじさんというのは、今夜の仮面舞踏会主催のジャンだね」

「え、ええ、そうです」

「ジャンなら、さっき、どこかのご婦人と話をしていたよ」

「……そうですか」

よかった、なんだ、では、あれは夢だったのか。紗季はほっと思わず微笑した。その顔をじっと見つめ、アレクサンドルは不思議そうに問いかけてきた。

「ジャンの親戚なんだ」

「え、ええ、といっても、遠縁ですが。早くに両親を亡くして、彼がひきとってくれて」

「だったら遊んで暮らせる身分だろう。それなのにどうして菓子作りなど」

「好きなんです。おいしいお菓子を作って、みんなに喜んでもらうのが。今日もとっておきの新作を用意していたんですけど……」

言いかけ、紗季は空を見あげた。もうこんな時間か。今からケーキを完成させて招待客に出すのは無理だ。

「どうしたの？」

「いえ……とりあえずジャンおじさんに会ったあと、厨房にいきます。新作のケーキを作っている途中だったので、完成させないと」

「いいね、新作か。私も食べていいか？」

「あ、ええ、もちろん」

なにもかも夢だったのか。本当によかった。ジャンおじさんが撃たれたわけでもないし、自分が死んでしまったわけでもない。

（それにしても……いつ眠ってしまったんだろう。記憶がない）

しかもこんなよくわからないところで寝ていたなんて。ジャンのシャトーホテルの庭園はとにかく広いが、どのあたりだろう。

小首をかしげている紗季に、彼が手をさしだしてくる。

「とりあえず広間に行こうか。もう舞踏会は始まっているよ。お客人たちがお待ちだ。ジャンもそこにいるよ」

「え……は、はい」

紗季はシスターの服を腕にかかえ、別の手でアレクサンドルの手をとった。身体を抱き起こされ、パンパンとドレスについた芝生や薔薇の花びらを払われる。

「今夜、きみ、私のダンスの相手をしてくれるかい？」

「あ、はい、お客さまの相手をするつもりでしたので。ダンスは得意ですし……ではあなたも社交界の人ですね」

「そう、ベルサイユの社交の場にくるのは久しぶりだけどね」

「ベルサイユの人ではないのですか？」

「リオンヌ家の領地は南フランスにあるんだ。ピレネーのふもと」

「ああ、スペインの近くですか」

「そう、憎むべき敵国の近くだよ」

敵国？　スペインとフランスは仲が悪かっただろうか？

「ところで、スペインで思い出したけど、きみ、少しエキゾチックなかわいい顔をしているね。スペインやイタリアの血を引いているの？　それともトルコ？」

「あ、いえ、もっと東の。ええっと、東洋にある……日本の血を」

「へえ、そんな国があるんだ」

日本を知らないのか。そうか、日本はそんなマイナーな国なのか。紗季は肩を落とした。

「異国の血が混じっているなんてすてきだね。どんな国？」

「あ、生まれ育ったのはこのフランスです。日本には行ったことがなくて」

「私も行ったことはないよ。名前も初めて聞くしね。東洋のどこにあるの？」

当然だろう。知らない国なのだから。

「中国のむこうです」

「中国なら知っているよ。うちにも陶磁器がある。そういえば、きみ、ちょっと中国っぽい雰囲気もあるね。とてもエキゾチックで魅力的だ」

「それはどうも……あの、それより早く舞踏会の会場に。連れていってくださるんですよね」

「ところで……きみ、私の愛人になりたいとか、恋のゲームをしてみたいとか……希望したりする気はないか？」

「……」

突然の妙な言葉に、どう反応していいかわからず啞然としていると、アレクサンドルは優雅に微笑し、紗季の前髪をくしゃくしゃと撫でた。

「いえ……ぼくは恋愛のゲームや社交界の火遊びを楽しめる性格ではなくて……できれば堅実に結婚を。あ、でもその前に仕事で一人前にならないと」

「そうなんだ。それならよかった、まわりがうるさくてね。どうにかしないといけないんだけど……堅実な結婚をするにしても、いろんなところの許可がいるし……面倒なことがいっぱいで」

なにが言いたいのだろう。よくわからないまま小首をかしげていると、アレクサンドルは深刻な顔でひとりごとのように呟いた。

「だからすぐにきみとは結婚できないんだけど」

「は……？」

今、この人、なんて言った？　ぼくと結婚すると言わなかったか？

「あ……あの……あの、あの、いつ、あなたと結婚したいと言いましたか」

「あ、そうだね、言ってなかったね、でもちょうどよかった。うん、ちょうどいい」

「……」

「やっぱりきみは私の眠り姫ということにしよう。結婚の話はそのあとでいいね」

「あの……ですから、結婚の話とか、意味わからないんですけど」

「まあ、いいから。私にまかせてくれ」

全然、こちらの話を聞いていない。この人、大丈夫だろうか。

「その前に舞踏会に行って、みんなの反応をたしかめよう」

「え、ええ、はい、そうですね、舞踏会に行かないと」

まずはジャンの安否を確認しないと。

多分、夢だったのだと思う。ただ……どうして、こんなドレスを手にしたまま庭先で眠りこけていたのか。

「……ところで、きみ、変な靴を履いているね」

ふと紗季の足元に視線をむけ、アレクサンドルが興味深そうに問いかけてくる。

「サンダルをつい」

サンダルというか……動きやすい草履のようなものだ。

「ギリシャ風だね」

「ああ、ギリシャ時代はそんな感じの靴でしたね」

「かわいい。オリエンタルな感じできみにあっているよ」

くったくのない笑顔で言われ、ホッとした気持ちになる。このひとは、他人を心地よくさせる天才かもしれない。

「あの……ところで、ここ……うちの庭の森でいいんですよね」

「そう、ベルサイユの森だよ」

「えっ、ベルサイユ宮殿のなかですか？」

「宮殿はあっち。今、さっきまでいたところだけど、もうこのあたりは違うから」

あっちと言われても茂みが暗くてよくわからない。

「それで……ここは」

「この先にあるのはベルサイユ居住区にあるトレモイユ子爵の邸宅だ。きみの親族の家だろう？　今夜、仮面舞踏会がひらかれるのは」

仮面舞踏会は、ローズガーデン内だったはずだが。

「さあ、こっちへ」

アレクサンドルはきょろきょろしている紗季の手をとり、そのまま豪奢《ごうしゃ》な舞踏会の会場へと向かった。ジャンおじさんのホテルにこんな会場があっただろうか。

「あ……あの、見覚えはありますが……ここ……本当にうちのホテルですか？」

「ホテル？」

「ええ、叔父の家のようで、そうではないような」

「だけど子爵家の邸宅だよ」

「……」

建物自体は似ているのだが内装が違うし、シャンデリアや燭台の雰囲気もかなり違う。まるで映画のセットのようだ。いつ、こんなに本格的な会場にしてしまったのだろう。

それにしても何と完璧な仮面舞踏会なのか。

何度か社交界のパーティーに行ったことがあるが、ここまで招待客たちが完璧なまでの仮装をした舞踏会は初めてだ。

なにか特別な日なのだろうか。

（ジャンおじさん……こんな派手な舞踏会にして……お金……大丈夫だったのかな）

あのひと、計画性がないから……。

シャンデリア、鏡張りの広間、夢のような美しい彩色の天井画、それから昔の絵画に出てくるようなドレスを身に付けた貴婦人たちに、不思議なカツラのようなものをかぶった紳士たち。付けボクロまでしている徹底ぶり。

最近では見かけないような、リュートだかクラヴサンだかという名前の楽器の生演奏。

ジャンのホテルのガラスケースに展示してあったものと似ているが、ずっと新しくて綺麗だ。音楽家たちまでもが目元を覆った仮面をつけている。

それに、むせるような香水の匂い。なんだか酔ってしまいそうだ。

「いかがですか」

給仕係が飲み物を持ってくる。こんな使用人、いただろうか。いや、紗季が知っているよりもずっと人数が多い。

「あの……これ、借りたんだけど、着る予定もないし、あとでジャンおじさんに返しておいてくれますか」

紗季は女官風の衣装をつけた使用人にシスターの服をわたした。

「ジャンさまに？　かしこまりました、衣装係にわたしておきます」

うやうやしく受けとり、女官役らしき使用人がその場を去っていく。あんなに畏《かしこ》まった女性の使用人も見かけたことがない。

「どうした？」

首をかしげている紗季にアレクサンドルが問いかけてくる。

「今日、特別な舞踏会ですか？」

「さあ、そんなことは聞いていないけど」

いや、いつもとはくらべものにならないほど本格的だ。完全に映画の世界のようだ。撮影でもするつもりなのだろうか。

ぐるっと見わたすと、仮面舞踏会の中央でジャンおじさんが客人と話をしていた。

ずいぶん気合を入れたようで、仮面と付けボクロをしている。衣装もウィッグも、昼間、身につけていたものよりもずっと派手になっている。

「あ、おじさんだ。ちょっと待っててください。おじさんと話をしてきます」

紗季は広間の中央にむかった。アレクサンドルは人気があるらしく、紗季がそばから離れたとたん、一瞬のうちに、仮面をつけた大量の男女に囲まれて、埋もれてしまった。

「ジャンおじさん、ぼくだよ、よかった、生きてたんだね」

中央に行き、紗季が話しかけると、ジャンが小首をかしげる。

「は？　何者だ」

そうか、こんなドレスを着ているからわからないのかもしれない。

「ぼくだよ、庭園でうっかり寝てしまってごめん。ケーキ、まにあわなかったね」

笑顔で言う。けれど何の反応もない。むしろ得体のしれないものでも見ているような眼差しだ。妙な違和感を覚える。紗季は気をとりなおして言った。

「だから紗季だよ、ジャンおじさん。このドレス、おじさんが着ろって言ったから着たんだけどわからない？　あ、シスターの服は、女官役のひとに返しておいたから」

しかし返事はない。目をぱちくりさせている。なんか違う。

「そうだ……私はジャンだ。だが、おまえにおじさんと呼ばれる必然性はない。面識もないのに」

「え……」

その突然の言葉に唖然としていると、ジャンはさらに不可解そうに問いかけてきた。

「今、アレクサンドルと一緒に入ってきたように思うが……元帥どのの新しい婚約者か？」

「ちょ、ちょっと……待って、そうじゃなくて」

「男か？」

「どうしたんだよ、おじさん」

「だから私をおじさんと呼ぶな」

「……待って。どうしてそんな言い方をするんだよ」

「貴様こそ、さっきからおかしなことばかり。トルコかスペインのスパイか？」

「待ってよ、夢でも見ているの？　ぼくだよ」

彼の腕をつかもうとした瞬間、さっと腕を払われる。

「うわっ」

「不審なやつだ、何者だっ！」

いきなり剣をつきつけられ、紗季は驚いてあとずさろうとしたが、ドレスの裾《すそ》を踏み、後ろに転びそうになった。

「逃げるなっ」

「子爵どの、お待ちくださいっ」

次の瞬間、アレクサンドルが剣の柄でジャンの剣を止めていた。紗季を胸に抱きよせ、身体で庇《かば》うようにして。

キーンっという金属音が響きわたったかと思うと、はた……と音楽がやんだ。

それまで楽しそうに踊っていた客たちも一斉に驚いたような顔でアレクサンドルとジャンと紗季に視線を向けていた。

「元帥どの、邪魔をするな……怪しいやつがまぎれこんで」

もう一度、ジャンが斬りかかろうとするが、アレクサンドルはそれを剣でさらにかわした。そのはずみで彼の帽子と仮面がふわっと落ちてしまう。

中世の騎士のように腕に抱いた紗季をすぐさま自身の背後に移動させ、片方の手で守りながらジャンの剣をさえぎってくれていた。

「……貴殿も不審者の仲間か」

「おちついてください、子爵どの」

「……っ」

ジャンがなおも剣を突きつけてくるが、アレクサンドルは巧みに交わしていく。優雅なフェンシングの試合を見ているようで、いつのまにか見物人から歓声が上がっている。

「あら、なんて美しい、元帥どのの闘うお姿。さすがだわ」

貴婦人が扇で顔をあおぎながらささやくと、隣の紳士が答える。

「いやいや、いくら元帥といえど、ジャンは昨年の剣術大会の優勝者だ、さすがの彼も勝てないんじゃないか」

「それにしても強く美しい男というのはいいわね」

「ああ、ふたりともとても美しい」

貴族たちの緊張感のない会話に首をかしげながらも、紗季はアレクサンドルの意外なほどかっこいい姿に驚いていた。

すごい。彼が動くたび、さらり、さらり、と金色の髪が優雅に舞い、絹糸が揺れているようでとても綺麗だ。それに真摯《しんし》な横顔も彫刻のように美しい。

「どうかおしずまりください、ジャンどの。話を聞いてください」

「アレクサンドル、そいつは貴殿の知りあいか」

そいつ、そいつだなんてどうして、親族にむかって。

(でも……なにかが違う)

どうもこの人は自分の知っているジャンではない気がする。顔も身体つきも同じ。まさにジャンおじさんそのものだ。名前も同じだが。

そもそもジャンおじさんはダンスや歌は得意だが、剣も銃も馬術もできないはずだ。血を見たら、失神するタイプだ。昨年、剣術大会になんて出ていない。

わけがわからないで呆然としていると、アレクサンドルが返事をした。

「この者は、私のフィアンセです。あなたを別の親族とまちがえたようです」

にこやかにアレクサンドルが微笑する。

「え……」

今、彼は何と？　フィアンセと言ったような気がするが。

目をぱちくりさせていると、納得したようにジャンが剣を腰にもどす。

「なるほど。風変わりだが、きみのフィアンセか。ずいぶん変わった趣味だな。国王には？」

「まだ許可をいただいておりません。まずは、領地での承認が必要なので」

するとジャンは冷ややかに微笑した。

「きみもなかなか大変だな。今度こそうまくいくことを祈っているぞ」

「ありがとうございます。それでは失礼します、行こうか」

アレクサンドルは紗季の肩に手をかけ、くるりとジャンに背を向けた。音楽が再開し、再び周りの紳士や貴婦人たちがダンスを始める。

一体、ここはどこなのか？　今の会話、妙に芝居がかっていたけれど。

「あの、これは映画の撮影ではないですよね」

外に出ると、紗季は思いきって問いかけてみた。

「映画？　映画というのは……何のことだ？」

「だから映画ですよ」

「さあ、そのような単語は耳にしたことがない。日本のものか？」

映画のことを知らないようだ。もしかしておかしな世界にまぎれこんでしまったのか。それともまだ夢でも見ているのか。

「映画というのは……お芝居をフィルムに記録したもので……」

「芝居か。今日は芝居の予定は入っていなかったはずだが」

会話が嚙みあわない。紗季が小首をかしげていると、アレクサンドルはほほえみかけてきた。

「よくわからないけど、きみ、困っているみたいだね」

なにか楽しいことでも考えているかのような、とびきりうれしそうなその笑顔に釣られて紗季も微笑してしまう。

「え……ええ」

困るもなにも、本当に途方にくれているのだけど。

おじさんはおじさんじゃないみたいだし、ここは自分の知っている場所のようでそうでもないようだし。エプロンのポケットに入れていたはずのスマートフォンは見あたらないし。

「ならちょうどいい、私も困っているんだ。きみにしかできないことなんだ、少しだけ私を助けてくれないかな」

2　愛するティティ

助けて？

一体、どういうことだろう。わけがわからず、呆然としている紗季を馬に乗せ、アレクサンドルは近くの林の奥にある修道院に案内した。

（馬か……。まあ、舗装されていない道だとそのほうがいいか）

さすがにパリでは馬を交通手段に使うものはいないが、フランスには馬の牧場も多く、郊外では愛馬を持っているひとも少なくはない。

うっそうとした林をぬけると、月明かりと松明《たいまつ》に照らされた古めかしい中世風の建物がそこにあった。

「今夜はとりあえずここで一泊しよう」

ホテルや旅館ではない。石造りの建物の前には、聖女の彫像が建っている。

「ここは？」

「聖クララ修道院」

「クララってことは、女子修道院ですよね」

「大丈夫、気にしなくても。それに今のきみはどう見ても女の子だから平気さ」

「えっ、でも」

いくら女装しているとはいえ。いや、だからこそ問題だ。女装した男性が女子修道院に入ったら大犯罪でしかない。それに、アレクサンドルは完全に男性だ。

「早く早く、こっちから入れるから」

焦る紗季の腕を引っぱり、アレクサンドルは慣れた様子で修道院の裏口から内部に入り、馬を内側につないだ。

暗くてはっきりとは見えないが、なかなか優雅で裕福そうな修道院だ。あきらかに金持ちの子女が入っている修道院に思えた。男性が夜半にこんなところに入っていいのかどうなのかわからないが、アレクサンドルは気にしているふうではない。

「そこにいるのは誰です」

いきなり声をかけられ、紗季はビクッとした。燭台を持った女性がたたずんでいる。

「私だよ」

「ああ、何だ、アレクサンドルさまですか」

顔見知りらしい。三十代なかばくらいのシスターだ。

「院長に連絡を。今夜、この人と私を泊めてほしい」

「わかりました。院長を呼びましょう。そこでお待ちを」

その女性が背をむけるまでもなく、見れば、中庭の奥からひときわ美しい風貌のシスターが蠟燭を手にしながら現れた。

「もう……またなの、アレクサンドル。あなたってば、いつも連絡もよこさないで」

黒いシスターの服装を身につけているが、すきとおるような白い肌、青い瞳の、不思議な雰囲気の清楚な美人だった。

院長が現れると、さっきのシスターは姿を消した。

「それで……今回は一体なにがあったの」

やれやれとあきれた様子で、シスターはアレクサンドルに問いかけた。

「私にもよくわからないのですが、困っていたときにちょうど、この紗季が目の前に現れたので連れてきました」

アレクサンドルが紗季の肩を抱き寄せる。

「目の前とはどういうこと？」

「目の前とは目の前です。いきなり薔薇の茂みの奥にこのひとがいたのです。しかもこの薔薇模様のドレスを抱いてぐっすりと眠った状態で」

「伝説の眠り姫ね。あなたの家の近くにある伝説……」

「ええ、不思議な人です。でもとにかく私には救いの女神に見えたのです。男ですが」

「あら……男なの」

シスターにまじまじと見つめられ、紗季は苦い笑みを浮かべながら説明した。

「あ、あのこれは仮面舞踏会の仮装で……」

「そう、それはそれでいいんじゃない。ドレス、よくお似合いよ。それに、私、あなたみたいに綺麗な男の子、大好きよ」

「……それはどうも」

この人もよくわからない。アレクサンドルと似たような感覚の持ち主のようだ。

「まあ、いいんじゃない、うちに泊まっていきなさいよ。ベッドと食事くらいなら提供するわ」

それはありがたい。急に不思議なことになって不安がいっぱいだし。

「では、いつものところでいいかしら。男ふたりなら、同じ部屋でも平気ね」

「ええ」

「なら、ご自由にどうぞ」

いつものところというのはどこなのか、わからないけれど、アレクサンドルはシスターたちが住んでいるところではなく、中庭に面した反対側の建物に入っていった。

「そうそう、言っておくが、男性が入っていいのはここまでだからね」

アレクサンドルの言葉に紗季は、ああ、と納得した。

「そりゃそうですよね、ここは女子修道院ですから」

「そこにあるのがきみのベッド、私はこっちのベッドで寝るから」

窓側のベッドを指差したあと、アレクサンドルは上着を脱いだ。白いブラウスは暗がりでも上質のものだというのがわかる。

「ご自分の家には」

「もう夜も遅いからね、疲れたからここで寝ることにするよ。明日の朝、ゆっくりこれからの話をしよう。それでいいね？　きみも早く眠ればいい」

「え、ええ、ただ……こんな状況で眠れないんですけど」

「状況って？」

「それは……つまり、いくあてもなく、わけがわからない感じで」

「うん、そう言われても私にもわからないよ」

その通りだ。紗季自身がわからないことをこの初対面のひとがわかるわけがないのだから。

「とりあえずもう眠いから寝ようよ。眠いときは真面目になにかを考えてもあまりいい案は思い浮かばないものだ」

「え、ええ、そうですけど」

「だろう？　だったら今は寝ないと。明日、起きてから考えればいいよ」

「は、はあ」

そう言われると、なんとなく自分も眠くなってきた気がした。彼が本当に眠そうにあくびをしているせいかもしれない。

「じゃあ、おやすみ」

アレクサンドルは肩までシーツをかぶってまぶたを閉じた。

不安な気持ちのまま、紗季はぐるっと部屋を見まわした。

恐ろしいほど静かだ。こんなに音がしない空間は初めてかもしれない。けれど怖い気はしない。森のなかのコテージのようでほっと癒《いや》される。

それにこの部屋。修道院にしてはとても贅沢な感じだ。

ベッドはふかふかだし、窓や壁やサイドボードもかなり上質のものが置かれている。

「……すごい、シーツもシルクだ」

どうして修道院の中にこんな立派な部屋があるのだろう。ふたつ並んだベッドのひとつですでにアレクサンドルは心地良さそうに寝息を立てている。

（あーあ、無防備に。ぼくが悪いやつだったらどうするつもりなんだよ）

内心でツッコミながら、あまりにも平和そうな彼の寝顔を見ていると、あれこれ考えるのがバカバカしく思えてきた。

もう深夜のようだし、とりあえず寝るとするか。

それにしてもさっきのジャンは一体どういうことだろう。

まるでこちらのことがわかっていないようだったけれど、無理にそんな演技をするような人にも思えないし、そもそもあんなに剣が巧みに使える人ではない。

やっぱり似ているだけの人だろうか。でもジャンという名も、トレモイユという名も同じ。

（もしかして……まだ夢でも見ているのかな……）

ドレスを脱ぎ、髪飾りをとったあと、紗季はベッドに横たわり、隣で眠っているアレクサンドルに視線をむけた。

窓の外からの月明かりがその端麗な横顔を照らしている。

ふわふわしてゆるい感じの人かと思っていた。だけどさっきのあの剣さばきは見事だった。フェンシングのオリンピック選手になれるのじゃないかと思うほどだ。

本当に……一体全体、ここはどこなのだろう。

どうしてしまったのだろう。まるでパラレルワールドに入りこんだような気がするが、現実にそんなことが起きるとも思えない。

（オカルトとか興味ないし、そもそもそんな発想ないし）

明日、アレクサンドルにたのんでパリに連れていってもらおう。

まだ明日も明後日も勤務先のパティスリーは休みだが、アパルトマンに帰ると少しは頭が冷静になるかもしれない。

そうだそれがいい、アパルトマンに帰ればいいのだ。

「あ……それからスマートフォンも……」

携帯電話が見当たらないが、どこかに落としたのだろうか。そもそも周りに電子機器がひとつもないのがとても不思議だ。

ジャンおじさんのシャトーは、そういう趣旨で造られていたけど、修道院もそうなのだろうか。昔のまま生活しているのだろうか。

（本当によくわからないや。携帯電話が見あたらないのなら、アレクサンドルにスマートフォンを借りてアプリでさがしてもらおうか。それでもないなら、警察に届けて……）

最新の機種だから誰かに拾われたとしたらそのまま売られてしまう可能性もなくはない。

とにかくいろんなめんどくさいことは、明日、何とかするとして今夜はもう眠ろう。

もう脳がまわらない。眠くてどうしようもない。

ただ寝るしかなかった。


「……ん……」

優しくやわらかなヴァイオリンの音色が聞こえてくる。水が流れるような美しい旋律に、幼いころの幸せだった時間を思いだす。

『紗季、お誕生日おめでとう』

父が焼いたバニラケーキには、いつもみずみずしい桃と木苺がふんだんに使われていた。それに生クリームがたっぷり。

ミルクチョコレートで、紗季という漢字と年齢が書かれていた。

母の大好きなバレエ音楽を聴きながら、家族三人で過ごした晴れやかな日の午後。もうもどらない楽しかった日々。

『来年は、紗季も中学生になるから、もう少し大人っぽいバニラケーキにしようか。塩バターを入れて、フルーツは少しだけリキュールに浸して……』

果たされなかった約束。食べられなかった、もう少し大人っぽいバニラケーキ。昨日は、それを再現しようと思っていたのに。

両親の代わりに、ジャンおじさんに食べてもらうつもりで。

「……っ！」

紗季はハッとして飛び起きた。

そうだ、ケーキ。それにおじさん。ええっと、昨日はなにがあったんだっけ。

窓の外から、まばゆい陽射しが入りこんでくる。音楽はもうやんでいる。まぶしさに目を細めながら、紗季はぐるっと室内を見まわした。

「……えっと……そうか……修道院に泊めてもらったんだっけ」

隣のベッドには、アレクサンドルはいなかった。手袋が椅子《いす》にかかっているということは、すぐにもどってくるということだろうか。

「……」

それにしてもやっぱり変だ。

明るいところで見ると、違和感があることに気づく。

電気がない。コンセントもない。窓もカーテンはなく、ちょっと変な形をしている。いくら古い修道院といっても、これでは不便だろう。

続き間になった洗面所らしきところをのぞくと、水洗ではないトイレと、湯を張るタイプのバスタブがあった。だが、水道はどこにもない。

鏡の前の陶器の大きなボールに水が溜まっていて、その横にタオルらしき布。

水差しとコップもある。顔を洗う場所だというのはわかり、そのあたりのものを使って紗季はとりあえず顔を洗った。

「すごいな。修道院というのは、水道も電気もないのか」

顔を洗って窓の外をのぞこうとしたとき、洗面台に大きなカエルがいることに気づき、紗季は心臓が止まりそうなほど驚いた。

「な……っ」

リスか小さなウサギくらいの大きさだろうか。

くりくりとした大きな目をしたカエルだ。昨日、アレクサンドルの背中のあたりにいた気がするが、くっついてきたのかもしれない。

「……」

じっと見ていれば、けっこうかわいいのがわかる。

なぜか頭に王冠、首には青いリボンを結んでいるが、誰かのいたずらだろうか。

どうやって王冠をかぶっているのだろうと、恐る恐る手を伸ばしかけた瞬間、カエルがいきなりウインクしてきた。

思わず手をひっこめた紗季の耳に、さらにカエルの声らしきものが聞こえてきた。

「おはよう、紗季」

「……」

硬直し、紗季はタオルをにぎりしめたまま、小首をかしげてカエルを見つめた。今、このカエル、話しかけてこなかっただろうか。

すると、もう一度、ウインクされた。

「——っ！」

もしかしてまだ夢のなかにいるのだろうか。

まばたきもせず、あたりをきょろきょろと見たあと、もう一度、じっとカエルに視線をむけたまま、紗季は無意識のうちに一歩あとずさっていた。

そんな紗季に、カエルはいきなり笑顔で自己紹介を始めた。

「初めまして。オレはティティ。よろしくな」

「……」

返事ができず、紗季はタオルをぎゅっとさらににぎりしめ、首をかしげたまま苦笑いした。

「驚くのも無理はない。だが、ちゃんと状況を説明しないとと思ってな」

やっぱり喋《しゃべ》ってる……。

何なんだよ、昨日から次々とおかしなことばかり。いや、きっとこれは絶対に夢だ。カエルが喋るなんてこと自体、現実にあり得ないのだから。

「まずは自己紹介をしよう。紗季、ジャンの家の石像のカエルを知っているな？」

口をあんぐりと開けたまま、紗季はこくこくとうなずいた。

カエルというか、リスだかウサギだか子猫だか球体だか……何だかよくわからないアレのことだろう。ルーン文字が記されていた……。

「オレの本体はアレなんだ」

「あ……ジャンが神のように崇拝している？」

かろうじてかすれた声が出た。

「まあ、そんなところだ。名前はティエリーというが、ティティと呼ばれている」

ティティ。かわいい呼び名だが、一体、誰がカエルにそんな愛称をつけたのだろう。

「とりあえず、おまえの身に起きたことを簡単に説明する。昨日から、ずっとわけがわからないことだらけで混乱しているだろう」

「そ、そうなんだ、どうなってるの？」

思わず紗季は身を乗りだした。

カエルが話しているという不思議な現象については、この際、目を瞑《つぶ》ろう。それよりもまずは昨日から次々と起きている変なことの原因が知りたい。

「端的に言えば、おまえは、昨日、ギャングに殺されたのだ」

「殺された？　あのときの銃で？」

啞然として問いかける紗季に、カエルはこくりとうなずいた。

「覚えてないのか」

「いや、覚えているけど……まさか……夢ではなく、現実だったの？」

「ああ」

カエルがもう一度こくりとうなずく。

「おまえの身体に残っているだろう？　そのときの痛み、衝撃……」

「そういえば……」

はっきりと記憶している。ジャンが目の前で殺されたときのどうしようもない慟哭。哀しみと激しい憤り。それから自分が撃たれたときのやり切れなさ。

火薬が焼けるにおい。それから銃弾を次々と撃ちこまれたときの、胸や腹部、それから腕も首にも痛みを感じながら、地面に倒れていったのだ。

これで人生が終わるなんていやだ、もっとやりたいことがたくさんあった。ケーキが作りたい、恋がしたい……そう強く思ったところまでは記憶している。

「あ……じゃあ……ここ、あの世？」

「いいや、あの世じゃない、転生したんだ、おまえは」

「へ……じゃあ、未来に？」

未来というより、どう見てもここは過去のような気がするけど。

「あのとき、死にたくないと強く祈っただろう。だからきてしまったんだ、オレがまだただの石になってしまう前の時代……ジャンのやつが、いつも行きたい行きたいと言っていた時代に」

そういえば、ジャンおじさんはカエルの石像にご利益があるようなこと言っていたような……。

「ってことは……ぼく、過去に転生したの？」

「そういうことだ」

だとしたら、転生ではなくタイムスリップだろうか。ドレスだってそのまま持ってきてしまっているし。でも死んだのだから、やっぱり転生になるのか。

「では、ぼくは……もう元いた時代には帰れないの？」

「帰りたいのか？」

「え……そりゃできれば」

「方法はなくはないが」

カエルは物言いたげな表情でじっと紗季を見た。どうやら交換条件でなにかたのみがあるようだ。

「えっ、じゃあ、教えて」

紗季はすがるように言った。

「オレの本体を見つけて欲しいんだ。あのカエルの石碑を」

「え……あれ、行方不明なの？」

「ああ、ケルトの時代、神として讃《たた》えられてきたのだが、長い歳月の間、戦争やら災害やら疫病やら飢饉やらいろんなことがあって、たらいまわしにされ、今ではどこかこのフランスの地の地層の深くに……このままだと、あと三か月もすれば、オレ、ただの石になってしまう」

「ただの石になったら？」

「オレも消えてしまうんだ。おまえの時代には……もうオレはいないだろう？」

カエルは大きな目からポロリと涙を流した。

いなくなる、つまり死んでしまうということか。あまりに哀しそうにしているのに胸が痛くなり、紗季はよしよしと彼の頭を撫でた。

「わかった、さがそう。それでどこにあるかわかるの？」

カエルは口を閉じて口角を下げ、首を左右にふった。

「そうか。フランスのどのあたりかだけでもわからない？」

「貴族の城のたくさんあるロワール地方のシノンの森のあたりみたいだけど」

ロワール地方は美しい古城がたくさんある観光地として人気のエリアだ。

シノンの森というのはどこだろう。

「……ヒントはそれだけ？」

「ああ、だが、おまえとジャンはオレを見つけることができるんだ。オレの本体にさわったことがあるだろう」

「あ、うん」

「さわったことのある人間が近くまで行くと、周囲の空気が赤く光って石像と共鳴するんだ。だから……」

「そうか、ちゃんとヒントがあるんだね。あ、でもそれならジャンおじさんも」

「それは無理だ、あのジャンはおまえの親族のジャンではないから」

「え……名前も見た目も同じなのに？」

「先祖だ。何代前かわからないけれど」

そういうことか。だから……。

いったん納得したものの、ハッとして紗季は問いかけた。

「ちょっと待った、先祖ってのはともかく……おしゃべりするカエルがいる時代があった？」

「ないよ、オレ以外のカエルは喋らないものだし、オレの言葉だって通じる相手と通じない相手がいるから」

「じゃあ、ほかの動物も？　実はしゃべる動物がこの世にいるの？」

「それは知らない。そもそもそんなこと訊かれても困る。なによりオレ自身がここに存在しているんだし」

「まあ、そうだけど、とりあえずぼくは元いた時代に帰れればそれでいいよ」

そうだ、深く考えてもしかたない。もうやめよう。いろいろと理由をつけて考えるのは。目標は、このカエルの本体をさがしだし、元の世界にもどること。それ以外のことは目を瞑ればいい。

「だから、がんばってきみの本体をさがすことにするよ」

気をとりなおしたように紗季は微笑した。

「おお、たのもしいな。たのんだぞ」

「うん。じゃあ、アレクサンドルさんにも相談して……」

「待て、ダメだ」

「え……」

「この世界では、今の段階では、おまえ以外にオレの言葉を理解できる人間はいない。だからオレと話ができることを誰にも言っちゃっいけない。それが決まりだ」

「わかったよ」

なんかファンタジードラマの世界にまぎれこんだ気がする。だいたいどの映画やドラマもそういう感じだ。

「それから元いた世界にもどりたければ、ふたつ、大事な条件がある」

「言って」

「未来になにが起きるかは、一切、口にしてはいけないのだ」

「歴史が変わるから?」

「おおっ、おまえ、賢いな、その通りだ」

そうではない。タイムスリップドラマでは未来に起きたことを言ってはいけないとか歴史が変わるとかそういう縛りがあって展開していく。だから、そうかな、と思っただけだ。

「未来から来たってこともだよね?」

「それは別にどっちでもいいんじゃないか。どうせ誰も信じないだろうし、未来に起きることを口にできないのだから何の意味もない」

それはそうだ。言ったところで何もできない。

未来が変わることをしたら、未来に帰れなくなる。つまり自分で自分の首を絞めてしまうことになるのだから。

「でも待って……きみの本体を見つけるまでこの世界で、ぼく、どうやって生きていけばいいの?」

「その点は大丈夫だ、アレクサンドルにまかせればいい」

「まかせればいいって」

「あいつもなにかおまえにたのみがあるようだし、交換条件に、衣食住を保証させればいい」

「まあ、そうだね」

たのみごとというのが何なのかわからなくて不安ではあるけれど、そうするかしないなら実行するのみ。

「じゃあ、約束だ。お前は三か月以内にオレの本体を探す。そして未来のことは一言も口にしてはならないし、そのきっかけとなるような出来事を起こしてもいけない」

「きっかけって……どんなことでも？」

「ああ、たとえば馬車の事故があるのかわかっていても、馬車に乗るなと言ってはいけない。戦争が起きてどちらが勝ってどちらが負けるかわかっていたとしても、目の前の人間が負けるとわかっていても、その男に勝てる方法を教えてはいけない。洪水や嵐が起きることも」

「つまり歴史が変わるきっかけを作ってはいけないってことだよね」

「そうだ」

カエルはさも得意げにうなずいた。

「あっ、しまった、どうしよう、アレクサンドルにお菓子を作る約束をしてしまったよ」

紗季は思い出したように言った。

「そういう場合は、今の時代と同じものを作ればいいんだ。観察するんだ、この時代の食べ物を」

「ああ、そうか、つまりこの時代にしかないお菓子以外作っちゃいけないってことだから……そうだね、観察するよ」

と言いながらも、果たしてこの時代がいつなのかさっぱりわからない。

一応、製菓学校でフランスの菓子の歴史はしっかりと習っているし、どの時代にどの菓子が作られたかも何となく覚えている。

あまり得意な授業ではなかったが、それがわからなければ学校を卒業することができなかったので気合を入れて丸暗記して努力したのだ。


そんな感じでティティと名乗るカエルから、自分がどうやら過去にタイムスリップしたのか、転生したのかわからないけれどそのようなことが起きたという事実を知らされた。

「本当に……どうなってるんだろう」

昨日着ていた派手なドレスを着るのはさすがに気が引けたので、とりあえずキャミソールのような膝丈《ひざたけ》の昔の映画に出てくるようなパジャマを身につけたままベッドで呆然としていると、なぜかさっきのカエルを抱いたアレクサンドルが入ってきた。

金モールでふちどられた濃紺色の帽子、白いブラウス、それに濃紺の膝丈の優雅な服にブーツ。映画に出てくる貴公子そのものだ。

ほんの少しクセのある絹糸のような金髪を後ろで軽く結んでいるが、少しルーズな感じがとてもすてきだ。

「よく眠れたかい？」

彼の手のなかにいるカエルをちらりと見ると、アレクサンドルはそのことに気づき、笑顔で紹介してくれた。

「ああ、この子はティティ。本名はティエリーというんだけど、いたずらっこという意味でティティと呼んでいる。かわいいだろう？」

アレクサンドルはカエルのほおにちゅっと音を立ててキスをした。ティティと名づけたのは、このひとだったのか。何となく納得。

「……あの……あなたのペットなんですか？」

「そう、この修道院に住みついていたんだけど、私とは子供のころからの親友なんだ。すごくなついてくれてね、愛おしくてしかたないんだよ」

アレクサンドルに撫でられながら、ティティはパチンとウインクしてきた。

「おしゃべりとか……できるんですか？」

紗季の問いかけに、アレクサンドルは、一瞬、きょとんとした顔をしたあと、おかしそうにハハハと笑った。

「きみ、すてきだね。カエルがおしゃべりできるわけないだろう。でも……そうだね、私は何となくわかるんだ。ティティの気持ちが」

幸せそうにアレクサンドルがティティにほおずりする。心の底から愛しく思っているようだ。

「ところで、その頭の王冠と首の青いリボンはあなたが？」

「ああ、これかい？　そうだよ、これはまちがって食用にされないようにと、我が侯爵家の紋章入りの王冠をかぶせてリボンを結んだんだ。この白い鷹の模様がそうだよ。ただのカエルだと、絶対、食卓にいってしまう。国王も王妃も皇太后さまも大好物だからね」

「えっ、カエルが？」

紗季はぎょっとした顔でアレクサンドルを見た。

たしかにフランスには食用ガエルのグルヌイユという料理があるけれど、紗季は一度も口にしたことがない。

「だから心配じゃないか。こんなに愛らしくて丸々とした子、見つけたとたん、食べたくなってしまうだろう？」

「いえ……全然」

「そう、私もそうだよ。でもほかの人間はわからないからね。さあ、紹介も終わったし、ティティは外で遊んでおいで。ティティも紗季のことが気に入ったみたいでうれしいよ」

「そんなことがわかるのですか」

「言っただろう、彼の気持ちがなんとなくわかるって。彼も私の言葉が理解できるみたいだよ」

話をしなくても気持ちがわかるなんていいなと思った。ティティはもう一度こちらにウィンクをしたあと、窓から外に出ていた。

「さて、では本題に入ろうか」

「あ、本題の前に……つかぬことを聞きますが、今、何年ですか？」

アレクサンドルに問いかけてみる。

「今？　今は十七世紀後半だよ」

「……」

ああ、残念だ。百年後なら、フランス菓子の神さまアントナン・カレームが誕生していた。それなら弟子入りさせてもらうのに。

「どうした、変な顔をして」

「あ、今の国王はルイ十四世陛下かなと思って」

「そうだ、国王陛下ならベルサイユにいらっしゃる。今度、舞踏会に連れていってあげよう」

太陽王の時代か。フランス革命で処刑されたのはルイ十六世だし、カレームは、その革命のあとに誕生しているので、弟子入りどころか、時代が違いすぎる。

（あ……ああ、そうか。だとしたら、カレームが発案したお菓子は作れないんだ。歴史が変わってしまうから）

カレームが現れるまでのフランス菓子といえば、素朴で、平凡な見た目のものが多い。つまりそれを作らなければ歴史が変わってしまうのだ。

（まだ見習いだから、それでちょうどいいか。いろいろ作ってみよう）

素材や道具が違っても素朴なものなら作れるだろう。

「……あ……それで……具体的に、今は西暦何年ですか？」

「何年だったかな。あとで修道院長に聞けばいい」

「知らないのですか」

「ああ」

笑顔で答える彼を信じられないものでも見るような目で見てしまった。

「知らないって……」

「だって、そんなこと、どうだっていいだろう？　イエスキリストが死んでから、今が何年後とか、

「そんなの、私の人生に関係ないことだし」

それはそうだけど。

(このひと、大丈夫だろうか。もしかして、ちょっとオツムが弱いとか?)

細かなことはまったく気にしないようだし、カエルにティティと名前をつけて王冠やリボンをつけたりしているし、西暦を知らなくても気にしないとか言っているし。

もしかして、ものすごくダメなひと?

まじまじと紗季はさぐるようにアレクサンドルを見つめた。

すると、アレクサンドルは窓ぎわの花瓶に飾ってあった赤い薔薇を一本とり、すっと紗季の胸元に刺してきた。

「きみ、切なそうな顔をして。もしかして私を好きになったの?」

「へ……」

きょとんとしていると、あごに手をかけて唇を近づけてくる。ちゅっと唇に音を立ててキスしたあと、笑顔を向けられ、ハッとした。

「今、キスしました?」

「ああ」

「……こんな簡単に」

「簡単て……きみ、キスをしたことがないの?」

「ないもなにも……はい」

「そう、私もだよ」

「ちょ……ないのに、いきなりしてきたのですか？」

問いかけると、彼は「ああ」とうなずいた。

「キスをするときはすごく好きな子以外は嫌だなとずっと思っていたんだ。だからずっとしたことはなかった。ティティにはかわいいねという意味でキスをしたことがあるよ。でも唇にキスをしたのはきみが初めてだ」

「……は、はあ」

「意外とむずかしくないものだね。かわいいな、すてきだな、好きだな……と思う気持ちをそのまま表すのにこれほどいいものはないと気づいたよ」

「……」

「それでどうだった？　キスの感想は？」

ちらりとこちらを見るまなざしが優しくてドキドキする。

「感想って、特になにも。なんか思ったよりもふつうの感じで。木苺、食べたときとかと変わらないな、って」

「そう、それが一番だね。何事も自然な感じが一番だと思うよ。でもそれならちょうどいい。婚約者になってくれないか」

「は……？」

いきなり……。いや、そういえば昨日もそんなことを。

「正直なことを言おう。実は婚約者がいなくて困っているのだ」

意味がわからない。

「私にはグレースという貴族の娘の婚約者がいたんだが、行方不明になってしまったんだよ。でもどうしても明後日までに彼女を連れて城に帰らなければいけなくて。そうしなければ教会と親戚が侯爵家の相続を認めてくれないんだよ」

「グレースさんはどこに」

「今、さがしているところだ。グレースの両親はイタリアに旅行中でちょうどいない。グレースは私との婚約を望んではいなかったのかもしれないが、とりあえず探さないでほしいという手紙だけは受け取った」

「逃げられたんじゃないんですか」

「いや少ししたらもどってくるかもしれないと書いてあった。大事な用事があるのだろう。彼女がいないとすごく困るのだ。とにかく領地にいる親戚を納得させなければいけない」

「どうして」

「そうしないと領地を継ぐことができない」

「いるだけでいいんですか」

「そういうことだ。肖像画によると、グレースは、イタリアの血を引いているので、綺麗な黒い髪、黒い眸、エキゾチックな風貌をしていた。きみと少し似ている。だから身代わりになってくれたらすごく助かるのだ」

「でもぼくは男ですよ。身代わりならいくらでもいるでしょう」

「いるわけないじゃないか。突然、身代わりをたのめるひとなんていないよ。ましてや顔立ちの似た人間なんてそう簡単に見つかるわけでもないし。それにティティがきみを気に入ってるようだ。だからきみがいいんだよ。ティティも一緒にみんなでユッセ城に行こう」

「ユッセ城？」

「そう、昔、百年以上、眠ったままのお姫さまがいた城として有名だ。前にはアンドル川、後ろにはシノンの森」

「シノンの森……そこにシノンの森があるんですね」

紗季はハッとした。行けば、ティティのなにかがわかるかもしれない。そんな気がする。

「ああ」

そうか。眠り姫の城の近くの森なら、神秘的な石像があっても不思議ではなさそうだ。ますますファンタジー色が強くなった気がするが。

「そこに行って、婚約者のふりをすればいいんですね」

「そうだ」

「結婚はしなくてもいいんですよね？」

「ああ、その前に、正式な離婚をしないといけないからね」

「え……」

「七人目の妻との離婚を申請中だ。まだ教会から許可が出ていなくてね」

バツ七？　この時代、そんなに離婚しても大丈夫だったのだろうか。

「ドン・ファンみたいですね」

カサノヴァも入れようかと思ったが、時代的にもう少しあとだった気がするのでやめた。この後の時代の、ポンパドゥール夫人と交流があったはず。

「いいや、私は普通の貴族の青年だよ。しかも元帥だ」

「その元帥さんとやらが、どうして七度も」

「まあ、そのことはまたいずれ。それにしても、ドン・ファンだなんて。モリーナの戯曲を知っているとは……きみ、なかなか知識があるんだね」

「……え……有名なので」

「確かにそうだな。では、午後から私の親族のいるユッセ城に向かう。途中で一泊しないと着かないと思うが。それで親族の承認が取れたら、国王陛下に正式に婚姻の許可をもらうため、ベルサイユの舞踏会で国王に紹介する。貴族同士の結婚には許可がいるんだ」

ベルサイユの舞踏会！

つまりルイ十四世の舞踏会ということか。そこに自分が？　あまりにも現実感がなくてわけがわからない。

そんな話をしていると、トントンと窓を修道院長がノックした。

「昼食の支度をしているところだけど、外に用意するから出ていらっしゃい」

「ありがとうございます」

「あ、あなた、とりあえずその格好で出るのは変だから、これでも着て」

窓から修道院長が服を出してくれる。

ちゃんとした男の服だ。白いリネンのシャツに、仕立てのいい生地の焦げ茶色のズボン。それにブーツ。落ち着いた雰囲気の服にほっとする。

「院長、彼は私の婚約者になるのですからドレスを」

なれなれしく話しかけている。院長も彼の不躾《ぶしつけ》な態度をまったく気にしているそぶりはない。

彼らはどういう関係なのか。

何となく似ている感じもするので、親戚かなにかか？

「わかってるわ、だけど旅の間は男装をしたほうがいいと思うの。その方が早く動けるでしょう。ドレスも馬車に入れおくから、城につく前に着替えさせるといいわ」

「わかりました。ありがとうございます」

紗季が着替えて離れから外に出ると、修道院長は待ってましたとばかりに、紗季とアレクサンドルに大きな籠を差し出した。

「では、今から裏の林に行って、木苺をとってきて。その間に昼食の用意をしておくから。こういうとき、男性がいると助かるのよね」

3　木苺とキス

「……う……すごい道ですね」

　修道院は林になった小高い丘の真下に位置し、外敵から城を守るような形になっている。早春の風が心地よく梢《こずえ》をゆらしながら木々の間を通りぬけていく。

　この林のなかに、野苺の茂みがあるらしい。

「もしかして、ぼくに男の子の格好をさせたのって、肉体労働をさせるためですか」

「そのようだね」

「貴族のあなたにもそんなことを」

「ああ、修道院長は人使いが荒いからね。ここは聖ジョアンのような戒律の厳しいカルメル会と違ってゆるい感じなので、中庭の手前の客用コテージまでなら男性でも入れるんだ」

　カルメル会というのがどんなものか知らないけれど、修道院にもいろいろあるらしい。

「綺麗な人ですよね。侯爵家の方ですか？」

「いや、侯爵家とは関わりのないひとだよ」

「貴族出身ですか？」

「そう、王家の遠縁でもある。マリ・ルイーズさま。私の大切な女性だ」

ふとアレクサンドルは遠い目で修道院を見つめた。美しい青色の眸で、なやましげに。

もしかして……。

物語や映画でよくあるようなやつだろうか。

美しい年上の聖職者への禁断の恋。フランスの大統領も親子くらい年齢の離れた女性と結婚していたが、それよりは年が近いだろう。

（そうか、そういうことか）

かなわない恋をしているから、離婚をくりかえしているのかもしれない。心が落ちつかないから。

「そういえば、アレクサンドルさん、ご両親は？」

「……」

アレクサンドルは帽子を目深にかぶり、目を細めて紗季にほほえみかけた。そして紗季のほおに手を伸ばしてきた。

「初めて名前を呼んでくれたな、紗季」

「え……あ、はい」

「人に家族のことを尋ねるときは、先に自分について語ったほうがいいよ。きみはどこからきて、なにをしていたんだ？　どうして親戚のはずのジャンがあんな態度を？」

そうか、彼からすると意味不明な存在だろう。

ジャンの親族だと自己紹介したのに、当の本人からは知らないと言われ、不審者がスパイのようにあつかわれてしまった。

「本当は……私は人助けするような親切な人間じゃないんだ。基本的に他人と関わるのは面倒だし、好きじゃなくて」

「……アレクサンドルさん……」

「でもあの日、ティティを追いかけてベルサイユ宮殿の薔薇園を通りぬけ、離れた場所まできたとき、風に乗って甘い匂いがしてきた。不思議に思って草むらに行くと、きみが薔薇のなかで眠っていたんだ。眠り姫のおとぎ話みたいに」

アレクサンドルは紗季の手をとり、甲にキスしてきた。

「私の腕をつかみ、助けて、生きたいと言った。死にたくない、恋がしたい……と。だから助けたいと思った」

そうだったのか。たしかに、そう祈って強く腕をつかんだのだ。

「教えてくれ、どうしてそんなことになったのか」

これまでとはまるで違う真面目な顔つき、そして真剣な言葉遣いに、妙にドキドキしてしまう。もしかしてこちらのほうが彼の本質ではないかと思った。

ゆるくふわっとしている雰囲気に見えながら、実は昨日ものすごい剣の腕前だったし、そもそも元帥などという高い地位についている。そんな彼の頭がゆるいわけはないのだ。

「細かなことは言えないのですが、両親はぼくが十代前半のころ、事故で亡くなりました」

「事故で？」

痛ましそうな顔をする。彼は感情が素直に顔に出てしまうタイプらしい。

「ええ。それでジャンおじさんにひきとられてお菓子の学校まで出してもらったんですが、ぼくの知っている親戚のジャンおじさんと、昨日、会ったジャンは違う人物のようで」

「違うとはどういうことなんだ？」

「名前も、顔も、なにもかもそっくりなんですけど、でも生まれた時代が違うんです」

「どういうことだ？」

「あの……実は、ぼく、未来からきたんです」

未来からきたことなら話してもいいとティティが言っていたので、思い切って言葉にしてみた。どんな反応をするだろう。

「未来から？」

「ええ」

紗季はこれ以上ないほど真剣な顔でうなずいた。

多分、信じないだろう。おかしなことを話していると思われるに違いない。これが逆の立場ならそうだ。たとえば、こんな格好をしたひとが、いきなり過去からきたと言っても、自分なら信じることはない。

「未来か……」

アレクサンドルは特に驚いた様子もなく、さっきまでと変わらない表情でじっと紗季の顔を見つめてきた。

「そうか未来から来たのか。未来のフランスから？」

あれ。思ったよりもふつうだ。それとも、はなっから信じていないのか。

「ええ、未来のフランスにいたんです。ただ……帰るためにはこれから先の未来にどんなことがあるかあなたに伝えるわけにはいかなくて」

「そうなんだ」

「伝えてしまうと、未来が変わってしまうので、そうなったらぼくは元の時代に帰ることができないそうなんです。だから未来からきたという事実以外、なにも言えないんです」

「そのことは誰から」

「あなたのティティからです」

「そうなんだ。たしかに彼を抱いているときに伝わってきたよ。きみがふつうの人じゃないらしいということだけは。つまり未来の人間なんだよ……と、彼は伝えたかったんだね」

「ええ、そういうことになりますね」

そういえば、この人はティティの心がわかるらしいと言っていた。

だから言葉として正確なことは伝わっていなくても、感覚としてなにかしらそのようなことが伝わっていたのだろうか。

「なるほどなるほどそれでよくわかった。ということで、そろそろ仕事をしよう」

納得しているのかどうかわからないけれど、妙にわかったふうな様子で彼はそう口にした。

「あの、ふつうは……驚きませんか?」

「え……」

「だって未来からきたと言ったんですよ。どんなふうにしてどうやってきたとか、そこはどんな場所だったとかどんな暮らしをしていたとか……気になりませんか?」

「全然」

アレクサンドルはさっぱりとした感じでそんな返事をした。

「全然て……」

いいの？　何も知らなくても、気にしない性格？

問いかけるようなまなざしで見つめると、アレクサンドルは笑顔で答えてくれた。

「きみは両親もいない。未来からきて、行くあてもない。親戚だと思っていたおじさんも違う人物らしい。つまり天涯孤独のかわいそうな美少年ということだ。だったらそれでいいよ、さあ、作業を始めよう」

にっこり笑って上着を脱ぎ、白いブラウスの袖をまくると、そのあたりに生えている木苺の実をとり、アレクサンドルはなれた手つきでカゴに入れ始めた。

「さあ、きみもさっさと木苺をつんで。話をしながらでもできる。昼までにもどって、ご飯を食べないと出発できないだろう」

「あの……」

木苺をカゴに入れながら顔をのぞきこむと、アレクサンドルは口元に笑みを浮かべた。木々のあいだから漏れる早春の光が彼の整った風貌を照らし、映画かなにかに出てくる王子のようにキラキラと輝かせて見せた。

「どうしたの？」

「あの、ぼく、未来からきたって言ってるんですよ」

もう一度、しつこいようだが、問いかける。

「それで？」

「……ふつうは驚きますよね。信じられない、そんなことあり得ない……なんて言って」

「どうして驚かないといけないの？」

ぽいぽいと木苺をつまみながら、アレクサンドルがくすっと笑う。

「もしかして、あなたのまわりに未来からきた人……他にもいるんですか？」

だから驚かないとか？

「いや、いないよ」

「誰も？」

「まったく」

「じゃあ、丸ごと信じているんですね、ぼくの言葉を」

「信じちゃいけないの？」

「いえ」

「それで？」

「それでって」

「なにがしたいんだ？」

「なにがって……できれば……未来に帰りたいんですけど」

「なら、それでいいじゃないか。未来からきて、未来に帰りたい。当然のことだよ」

「まあ……はい……その通りですけど」

「未来のことを話してしまうと帰れなくなる。なので話せないと説明してくれただろ。だから、話せないことは何も話さなくていいよ。説明もいらない。私はそのくらいのことで驚いたりしないから。私のたのみを聞いてくれるなら、あとはきみのしたいようにすればいい」

アレクサンドルは優雅に微笑した。

「はあ……」

「きみも生きていくためには、衣食住が必要だろう。婚約者を演じてさえくれれば、そのへんのことは私が保証すると言っているんだ。まるで戯曲のような取引だと思わないかい？」

「え、ええ、そうですけど」

「もしかして私の婚約者は、きみのいた世界に行ってしまったのかもしれないね」

「えっ、ええええっ」

突然のアレクサンドルの言葉に思わず変な声をあげてしまった。

「何となくだけどそんな気がするんだ。だから代わりにきみがここにやってきた。そうすると辻褄が合うと思わないか？」

「そんなことってあるんでしょうか」

「私もよくわからないけれど、そのほうが納得できるじゃないか。ということでそういうことに設定しておこう」

そういうことに設定ってどういうことだよとツッコミたかったが、これ以上、なにか話をしても作業が遅れるだけなのでやめることにした。

狐につままれたような気分のまま、紗季は木苺を摘み始めた。

「綺麗な色。宝石のようですね」

紗季の時代では、野生の木苺なんてない。

こんなにも艶々としたルビーレッドの、肉厚の木苺を使ってバニラケーキを作りたい。はちみつとリキュールにたっぷりとつけた果実酒にしてもおいしいだろう。

他にもいろいろと楽しめそうだ。

つぶつぶの食感を生かした、シンプルなマカロンフランボワーズ。

ココアのビスキュイ生地にピスタチオクリームをはさみ、フランボワーズのピューレで彩ったケーキも濃厚で甘酸っぱい味のものが完成するはずだ。

ちょっと暑い日には、フランボワーズのソルベ。ムースやプディング、ジュレ……。

でもやっぱり、バニラのパウンドケーキに生クリームと一緒に挟んで、パクッと食べるのが一番おいしいだろうな。

この時代だとクリームチーズにしたほうがいいかな。

そんなことを考えながらうっとりと木苺を見ながら摘んでいると、ふと自分の横顔をじっと見る視線に気づいた。

「……どうしたんですか」

「えらいね、つまみ食いもせず、黙々と摘んで」

「だって……早く摘まないとって言ってませんでしたか？」

「そうだけど、こんなにもおいしそうな木苺なんだよ。実際、ここの木苺は世界で一番おいしいよ。一個くらい食べてみたいと思わないか？」

「それはもちろんですが、作業を終えて修道院長に届けたら、いずれにしろいただくことができるのですから」

「だから、食べてみてと言ってるんだ」

自分の籠から木苺をとると、袖で拭《ぬぐ》い、アレクサンドルは紗季の口の前に突きだしてきた。

食べろ……ということだろうか。

紗季の唇の前で彼が楽しそうに木苺の実を揺らしている。

さわやかな甘い香り。早く食べないかと真顔で見つめられているうちに、ドキドキしてきた。

なぜかほおが熱くなっている。

困ったな、そんなに楽しそうな顔で見つめられると恥ずかしい……と思いながら、紗季は視線を微《かす》かにずらし、震わせながら唇をうっすらとひらいてみた。

思った通り彼は木苺をそっと紗季の口に近づけてきた。

誘惑に負けて食べてしまうと、ふわっと口のなかにさわやかな果実の香りが広がり、ほんのりと酸味の加わった濃厚な甘い木苺の味が舌の上ではじけた。

「……っ」

おいしい。何と言うおいしい木苺だろう。感動した。これは、バニラケーキもいいけれど、このまの味を生かしたジュースやジャムを作るのもいいだろう。

「うわ……最高……めちゃくちゃおいしいです」

すごい。何でこんなにおいしいのだろう。野生の木苺なのに。甘くするために栽培され、改良されたものではないはずだ。

「教えて。どんなふうにおいしい？」

「どんなふうって……口のなかが一瞬でさわやかになって、全身が浄化されるような感覚を抱きます。

そのあと、心地良い甘さが全身を幸福にして、みずみずしい朝の森にいるようなそんな気持ちになりましたよ」

ああ、こんなにおいしい木苺と出会えたなんて幸せだ。母なら、ここで喜びと幸せのバレエでも踊ったかもしれない。

「そう、よかった。あ、私の城には、ここよりもおいしい木苺がたくさんあるんだ。城に行ったら、なにかおいしいお菓子を作ってくれるか？」

「今さっき、ここの木苺が世界一と言いませんでした？」

「言ったよ。ここの木苺は世界一おいしい。でもね、私の城の木苺は世界一よりも、もっともっとおいしいんだよ」

アレクサンドルが微笑する。変な理屈なのに、さも当然のように楽しそうにそう話す彼の笑みがあまりにもまっすぐな美しさに満ちていて目が離せない。

天使のようだ、とふと思う。

ふきぬけていく初夏の風がうなじを撫でていく。原生林の、濃い緑の香り。群生する木苺たちの甘い香り。あちこちから鳥のさえずりが聴こえてくる。

木洩《こも》れ陽《び》がアレクサンドルの絹糸のようにさらさらとした金色の髪に反射し、光のプリズムが踊っているようだ。

見ているだけで、とても浄らかで、透明な光にふわっと包まれていくような清々しい気持ちにさせてくれる人間というのがこの世に存在することを初めて知った。

「約束だよ、作ってくれるね」

本当に笑顔がたまらなくまばゆい。

「え、ええ」

紗季は視線を落とした。

作るといっても、未来のお菓子を作ることはできない。だとしたら自分のオリジナルを作ればいいのか。今の食材、今の道具を使って。

ここよりもおいしい木苺がたくさんあるなら、いろんなものを作りたい。やっぱりバニラとはちみつとバターを使うのがいいかな。

（とにかくティティの本体をさがして、無事に元いた時代にもどれるまで、ここでの生活をいいものにしていかないと）

アレクサンドルへのお礼もこめて、なにかおいしいお菓子を作ろう。

「さあ、このくらいでいいだろう。そろそろもどろうか」

笑顔で手をさしのべてくるアレクサンドルを、紗季は不思議な心持ちで見つめた。

この笑顔……本当に見ていると幸せな気持ちになる。甘いお菓子を食べたときのような感覚とでもいうのか。

「大丈夫？　疲れた？」

「あ、いえ」

「なら、よかった。今日は長旅になるからね。辛かったり、今の時代に慣れないことがあったら、何でも相談して。きみに気持ちよく過ごしてほしいから」

甘いバニラミルクアイスのようなひとだと思った。

どうしてこんなに優しい言葉をかけられるのだろう。それも自然に、相手の心にすとんとストレートに溶けこむように、ふんわりと。

「さあ、行こう」

手をつかまされそうになり、紗季はとっさにあとずさった。

「どうしたの？」

「あ……いえ……あ、そう、ぼくはいいから……これ、持ってください」

紗季は木苺のバスケットをアレクサンドルの手首にひっかけた。そしてそのまま彼に背をむけて、すたすたと歩き始める。

「どうしたんだい、急に」

「あ、いえ……森の緑に酔ったみたいです」

「そうだね、たしかに今の季節の森は、とても濃厚で……長くいると……魔物にとりこまれてしまいそうな気がするね」

人間をとりこむ魔物はあなたですよ、と言いたかったが、やめた。

天使のような笑み。バニラミルクアイスに似た甘やかな空気感。

こんなひとは初めてだ。

ちょっとおかしいんじゃないかと思うような言動やいいかげんな感じがする軽やかさ。

その一方で、こちらを心地よくする優しさ、ふわふわとした気持ちにさせるまばゆさをあわせもっている。

ジャンおじさんも、なかなかの人たらしだったけど、このひとの比ではない。

（……このひと……深入りしないようにしなければ）

必要以上に親しくならないようにしよう。そう思った。

自分は別に夢見がちでもないし、性格的に順応性があるともいえない。

この身に起きたことに衝撃を受けないわけではないし、驚かないわけでもないけれど、それをいちいち嘆いたところでなにかが変わるわけでもない。

（それに……ジャンおじさんがどうなったのかも気になる）

自分が殺される直前に見た彼は、こときれていた気がするが、生死を確認するだけの余裕はなかった。もしも、もしも奇跡的に助かっていたのなら。

いや、そうであって欲しい。ティティの本体を見つけて、そのことも祈ってみよう。おじさんが無事であるように。

（もう……身近なひとを誰も喪いたくないから）

そう、本当に誰も喪いたくない。両親を亡くしたときの、どうしようもない喪失感。

だから誰とも恋愛ができなかった。愛することが怖いだけでなく、特定の親しい友人を作ることもできなかった。

喪失感や不安感に泣くのは辛い。元の時代にもどるのだから、ここでの人間関係は希薄なものにしておかなければ。


修道院を出たあと、旅籠《はたご》に一泊し、それから彼の親族たちがいるというロワール地方の古城のあるシノンという場所に向かった。

城の近くにある彼の従者のギイという男性の家でドレスに着替える。

「うん、いいね。それならどう見ても貴婦人に見える」

「アレクサンドルさま、またですか、また新しい婚約者を……」

ギイは三銃士のような衣装をつけた凛々しい黒髪の若者だ。

何というかかっこいい二人組だろう。アレクサンドルとギイが並んでいる姿は、映画で見た国王とダルタニアンのようだ。

「とにかくシャルロットが離婚に応じてくれないからね。グレースとはまだ結婚できないんだが、宰相の関係者だから大事にしなければいけない」

「怒らせたら大変ですよ」

「そうだな。リシュリューもコンデ公もいなくなった宮廷では、宰相ほど権力のあるものがいないからな」

学校で習った歴史的人物たちの名前だ。

宰相というのはマザランだろうか。

リシュリューという宰相のあとはたしかそうだった気がするが。宮廷がベルサイユにあるということは、ルイ十四世が不幸な目にあったという事件はもう終わっているということになるけれど、一体、今、何年なのだろう。

（国王が大変だったのはたしかフロンドの乱だ。よく覚えていないけれど、パリで悲惨な目に遭って……それでパリが嫌になってベルサイユ宮殿に住むようになったと学校の授業で習ったような……気

がするけど……どうだったっけ）

有名な、朕《ちん》は国家であるという言葉は、マザランという宰相が死んだあとに口にしたと中学の先生が言っていたと思う。今はその前か、それともそのあとか。

そんなことを考えながらじっとしていると、いつの間にかものすごいドレスを着させられていた。そう、それこそ映画に出てくるような。

「う……っ」

なんという重さ。めちゃくちゃ重い。それに苦しい。

「髪の毛が短いから少しウィッグをつけましょう。これでいいですか」

ギイの母親と妹らしき人が現れ、またたく間に美しい貴婦人に変身させられてしまう。

マリーアントワネットの時代よりも昔なので、もう少し仰々《ぎょうぎょう》しい気がする。

そういえば有名なローズ・ベルタンという服飾デザイナーがいたらしいが、もちろん彼女もいない。ルイ十四世の時代ということは、いろんなところで見かける綺麗な絵のポンパドゥール夫人も現れてはいないということだ。

彼女はマリーアントワネットのような盛りあがった髪型ではなく、ひっつめた髪型をしていて、それをなんとかという呼び名で呼んでいたらしいが、今はまだそうした流行も現れていないということかな。

「……さあ、完璧。とっても可愛くできたわ」

ローズ色の美しいドレス。ふっくらとした袖のドレスは本当に華やかだ。

「ところでアレクサンドルさん、その前の奥さんのシャルロットさんとはどうして離婚することになったのですか？」

質問すると、部屋がしんと静まった。従者の母親も妹も困ったような顔をしてギイと目をあわせ、それぞれがうつむく。

訊いてはいけないことを質問してしまったのだろうか。

三人が気まずそうに部屋から出ていく。

しかし、アレクサンドルは気にするふうでもなく笑顔で答えた。

「シャルロットとは会ったことがないんだ。知らないうちに結婚していた」

「え……ええ、そんなことが」

紗季は思わず変な声をあげた。

「父の未亡人で、義理の母上が勝手に遠縁の娘のシャルロットと結婚させようとしたんだが、シャルロットは別の男と恋仲で、いつのまにか駆け落ちしてしまったんだ。だけど私が侯爵家を継ぐかもしれないというのもあり、正式に決まるまで離婚には応じたくないというんだ」

「つまりお金目当ての結婚だったわけですね」

「結婚とはそういうものだよ。グレースだってそうだ。宰相の紹介だと言っておけば、義理の母上を恐れている親族も納得してくれるだろう。そう思ってグレースを選んだのだが」

「つまりあなたは……その義理の母上と対抗していて、遺産相続で争っているということなんですか」

「そうだよ、だからグレースが……つまり身代わりが必要なんだ」

「最初に言ってください。こちらも気持ちの覚悟が」

「だって言ったら逃げるだろう？　義理の母上から私が何回も暗殺されかかっている話なんて知った

ら」

「暗殺されかかって……」

こんな天使のような、なにも不幸なんてなさそうな感じの人にそんな重い現実があったなんて想像もつかなかった。

「シャルロットの前に婚約した女性六人も……毒殺されかかって」

「ど、毒殺……？」

また声が裏返ってしまった。

「そう、おそらく」

「前の奥さんも前の前の奥さんも前の前の前の奥さんもみんなみんな……毒を？」

めまいがしてきた。

そんなことをけろっとした顔で言われても。

「奥さんたちが次々とひどい目にあったというのに、あなたはそんなことを平然とした顔で言うんですか」

そういえば、ジャンおじさんから、以前、彼の持っているシャトーホテルのそもそもの持ち主もルイ王朝時代に毒殺されたと聞いたけど。

「毒殺って流行《はや》ってるんですか」

「別に流行ってないけど」

「たくさん殺されているじゃないですか」

「まあ、てっとりばやいからね。昔からよくある手段だよ」

「はあ……」

昔からよくあると言えば、たしかに。ナポレオンの死因もヒ素中毒だったかもしれないと言われているし、いろいろな有名人が毒殺されていたとしても不思議はない。けれど。

「婚約の話が出て、結婚が決まったとたん、六人が次々と倒れたんだよ。同じ症状で。まあ、何とか未遂に終わったけど」

アレクサンドルの話によると、六人とも同じように、毒で死にかけた、毒で体調を崩したという話を耳にし、それぞれとはすぐに離婚することにしたとか。

「私と結婚したとたん、毒殺されかかったら、たまったものではないだろう。妻の財産目当てで毒殺をもくろんでいるという悪い噂も流れるようになったし。だからもう結婚はしないことにしたかったんだが、そのあと、急にシャルロットと結婚させられた。といってもまだ彼女とも会ってないんだけどね」

「では誰にも会ってないうちに、離婚歴七回と言う結果になったんですか」

「そーなんだよ、誰とも会ってないのに。あ、いや、違うな、シャルロットとはまだ離婚していないので離婚歴六回だ」

「……そして離婚していないのに、先に婚約したんですか、グレースと」

「そうしないと、親族が義理の弟に家督を譲ると言うサインをしてしまいかねないからね」

「義理の弟？」

「義母の息子だ。彼女は、私が生まれる前から父の愛人だったんだけど、ふたりの間に、私と年の変わらない息子ができていたんだよ。正式には異母弟というのかな。見た目も麗しくて、なかなかのたくましい男だ」

いわゆる庶子ってやつか。

「その義理の弟くんが侯爵家を継いだらどうなるんですか」

アレクサンドルは笑顔で答えた。

「いや、それはわかっています。ぼくが訊きたいのは……そうなった場合、その後どうなるかってことです」

そういうことが知りたいのに、どうにもこのひとはあくまで質問したことをストレートにそのまま答えるだけ。明快ではあるけれど、言葉のニュアンスを汲《く》みとってくれないので、時々、力が抜けそうになる。

「爵位を継がなかったときは、私は、修道院でお坊さんになるしかないね。でもきっと正当な後継者は私だと主張する親族が出てきて、そういうのも厄介だからこっそりと義理の母親と異母弟が私を暗殺すると思う」

「……暗殺って。そんな簡単に」

紗季は顔を引きつらせた。

だが、アレクサンドルはけろっとしている。

「あちこちで簡単に行われているよ。私の父の死も怪しかったしね。でもそれを調べようがないだろ。だから少しずつ身体を毒にならしているんだ」

「それ、どこかで聞いたことがあります。ちょっと毒を飲んで体に毒に対する耐性をつけさせていくんですよね」

「そうだよ。きみはほんとに頭がいいね。いろんなことをよく理解している。未来では学者だったのかい？」

「いいえ、菓子職人だと言いましたよね」

するとアレクサンドルは感心したように言った。

「すごいな、未来の菓子職人は頭の良い人間しかなれないのか」

「あの……元帥って賢くないとなれないもんですよね」

思わずつっこんでいた。

「私が賢くないと思っているのか？」

「賢いんですか？」

「いや、パリ高等学院もアヴィニヨンの学校もあまり私の役には立たないのでさぼり続けていたら、もうこなくていいと言われたんだ。私には法律も神学も科学もさっぱりだったよ」

あっけらかんと楽しそうに笑って言う姿に思わず釣られて笑ってしまう。このひと、賢くないと言われて喜んでいるようだ。

「いいんですか、それで」

「だっておもしろくなかったんだよ。退屈だったし、眠くなってばかりで、大学に行かずに、商人に混じってイタリアやギリシャやトルコを旅行してたんだ。楽しかったよ」

「はあ……」

「そうやって現地を見聞するほうが私には、いい学問に思えたね。といっても、計算も何もできなくて、商人には呆れられていたけど」

「……あなたは……どういう人生目標で生きているんですか？」

問いかけると、腕を組み、アレクサンドルは少し考えたあと、楽しそうに言った。

「人生目標？　考えたことないよ。人生は楽しまないと」

「……考えたほうがいいですよ」

つい、一言、つけくわえたくなるのはどうしてだろう。このひとと話をしていると、細かなことや常識などどうでもいいような気がして心が浮き立ってくる。でも一応、つっこんでおきたい、そんな感じがとても楽しい。

「じゃあ、きみは？　ちゃんと考えてるのか？」

「ぼくは、一応、考えていましたよ。ジャンおじさんのホテルで、一流の菓子職人になって、おいしいものをたくさん作って人に喜んでもらえたらって」

アレクサンドルはふっと微笑した。

「それはたのもしい。またきみにキスしたくなってきた」

「え……」

なぜ、急にそんなことを言い出すのか。この人、思いつきだけで生きているような気がする。暗殺とか毒殺とか、重い話をしていたばかりなのに。

「教えて。これまでに、誰かほかの人間とキスの経験は？」

紗季の顔をなやましげにのぞきこんでくる。困る、そんなに綺麗な顔で、至近距離で見られるとドキドキしてしまう。

「ないって言いませんでした？」

「キスしてもいいよね？」

「いやです」

視線をずらし、紗季は投げやりに言った。

このひとには深入りしないと決めているのだ。だから、キスなんてあり得ない。

「恋をしたことは？」

「だから……ないって言いませんでしたっけ」

「どうして。楽しみたくないの？」

アレクサンドルはさも不思議そうに言った。

「楽しむ？」

「私も一度くらい恋のゲームを楽しんでみたいんだ。まだ楽しめる相手と出会ったことが一度もなくて。もちろんキスだってきみだけだし」

「それ、全然、楽しんでないってことじゃないですか」

そういえばキスもカエルとしかしたことがないと言っていた。

「だから、きみが一緒に楽しんでくれたらうれしいなと思ったんだけど」

「恋のゲームを……ですか？」

紗季は心底不愉快な顔をしてアレクサンドルを見つめた。

「そうだよ。婚約者になってくれるんだからちょうどいいんじゃない」

「恋愛なんてそういうもんじゃないと思います。ゲームだなんてお断りです」

そうだ、そんなのごめんだ。紗季はきっぱりと断った。

「どうして？」

「恋愛ってそういう軽いもんじゃないと思うんですよ。もっと真剣に、相手のことを命がけで愛するような気持ちでないと恋なんてできないと思います」

「……命がけ？」

アレクサンドルは何かとんでもないものを見るような目でこちらを見つめてきた。

「そうです」

後にひけない気がして、紗季はじっとアレクサンドルを見つめ返した。

「命がけで愛することが恋だって？」

「違うんですか？」

「そんな戯曲のような恋をすることなんてあるのか？」

「恋のゲームなんてことのほうがぼくからするとおかしいんですけど」

「未来とは随分と価値観が違うようだな」

腕を組み、アレクサンドルは感心したように言った。

「いえ、古今東西恋愛とはそのようなものですよ。この時代のあなたたちがおかしいだけです。シェイクスピアのロミオとジュリエットだって命がけで恋をしていたじゃないですか。それだけではない有名な中世騎士物語だってそうだ」

「トリスタンとイゾルデか」

「ランスロットとギネビィア姫だってそうです」

「そういえば、ギリシャ神話にもそのようなものがあったな」

独り言のようにつぶやいたあと、アレクサンドルは感極まった様子でいきなり紗季に抱きついてきた。

「そうだよ、きみの言う通りだ。昔、母上もそんなことを言っていたよ」

「お母さま？　義理のお母さまではなく？」

「うん、今はもう侯爵家には義母しかいないんだけど、子供のころにね、眠り姫の伝説を耳にして、母上に問いかけたことがあったんだ。『不思議だね、百歳も年上の人と仲良くなれるのかな……』と。子供らしいバカな質問をね、真面目に」

アレクサンドルは少し照れたように微笑した。

「すると、母上が言ったんだ。『安心して、愛があれば大丈夫。百年や二百年や三百年の年の差くらい、なんてことはないわ。どんなことでも乗り越えられるのよ』と。子供心にそんな愛ってすてきだなと思ったんだけど」

思わず紗季はふっと笑った。

このひと、ものすごく純粋なのかもしれない、というほほえましい気持ちで。

「でも結局、父上は愛人を選んでしまって……母上は私を置いて侯爵家をあとにした。今では違う世界の住人に。そのとき、母上を愛していなかったのかと父上に訊いたんだ。すると父上は、愛なんて必要ない、向けられても重いだけ。恋はゲームだ、楽しまないと、と。愛人といるほうがずっと楽しい、と」

うわ、すごく嫌な父親だ。それとも貴族というのはそういうものなのだろうか。

「申し訳ないけど、ぼくは……あなたのお父さまには共感できません。お母さまはとてもすてきですけど」

「紗季は母上の意見に賛成？」

「賛成っていうか、百年とかの年の差は別だけど……愛があれば乗りこえられることがあるってすてきじゃないですか」

怖いけれど。喪うのは怖いけど、いろんなことに一緒にうちかって、その果てに、ずっと一緒にいられるのなら。もしそれができないなら『トリスタンとイゾルデ』みたいに一緒に死ぬような、命がけの恋ならしてみたい……とふと思った。

「わあ、紗季、きみはとってもすてきだよ」

いきなり抱きついてアレクサンドルが頬にキスをしてくる。びっくりする間もなく強く抱きしめられてしまった。

「……っ」

「そうだよ、それこそが愛、そして恋なんだ。ゲームなんか恋じゃないんだよ。だから私はそんな恋をしたいと思ったことがなかったんだよ」

「あの……最初はゲームのような恋がしたいと言いませんでしたか」

「そういう過去のことは言わなくてもいい。今話してることが今の私の気持ちなんだ」

つい今さっきのことではないかと突っこむのはもうやめておこう。

この人はこういう人なのだ。

そしてこの人のこういうところは嫌いではない。むしろ好きだ。

いろいろと合理的で少し風変わりだけど素直だし、恐ろしいほどきれいな顔をしているし、だからといって顔だけでいいと思うわけではないけれど、こんなにも美しい顔で楽しそうにいろんなことを話されてしまうと、同性であってもドキドキしてしまう。

(深入りしたくないのに……どうしよう……止められない……)

だけどこの人は……この人の真意は……。

あの修道院長を見ていたときの、切なそうなとても愛しそうな瞳が忘れられない。

この人はこんな冗談みたいなこと言っているけれど、本当は心の中では彼女のことを愛しているのだとなんとなく思う。

あのときだけこの人の顔が違った。

とても真剣で切なげだったのだ。どこか慈しみすらたたえて。

そしてその顔をほんとに美しいと思った。そんなふうに見つめられたいという気持ちにもなった。

(そうか……もしかすると、もうぼくは……)

このひとのことが好きなのかもしれない。そう思った。深入りしたくないと思った時点で、もう囚われていたのだ。

4　眠り姫の城へ

のどかな田園風景が続いている。

従者の家から城まではすぐだというのになかなか到着しない。

ガタガタと揺れる四頭立ての馬車のなか、うつらうつらしていた紗季は、ふっと聞こえてきた水車の音に目を覚ました。

「わあ……水車だ」

カーテンを手で押さえ、小窓を開けて外をみる。

初夏の陽射しを浴び、きらきらと煌めいている小川。緑豊かな木々に囲まれた川に水車小屋が立ち、水音を立てながらくるくると水車がまわっている。

そのむこうには、もくもくと煙突から白い煙が出ている石造りの家や薄紫色のラヴェンダー畑に囲まれた小さな教会。

ベビーブルーの空、小鳥のさえずり、放牧されている羊や牛。

歴史映画にでも入りこんだような世界に感じられ、胸が熱くなってくる。

特に歴史の授業が好きだったというわけでもないし、そうした映画やドラマを特に観るほうでもなかった。

それでもやはり学校で習った歴史の世界に自分がいることに感動せずにはいられない。

「すごい、空気がおいしい」

息をしていると、気持ちがよくなってくる。排気ガスもなにもない世界の、さわやかな風がとても貴重なものに感じられて紗季は大きく息を吸いこんでいた。

「ん……」

隣に座ったアレクサンドルは、眠っているティティを抱っこしたまま、紗季の肩にもたれかかって同じように心地良さそうに眠っていた。

窓からの陽射しがその綺麗な寝顔を淡く浮かびあがらせる。

長い睫毛、形のいい鼻筋、少しだけ微笑をきざんだ口元、ほっそりとしたあご。間近で見ていると、幸せそうな笑みを見せるときにちょっとだけエクボができることに気づいた。

これほどの美しいイケメンにむかって失礼かもしれないが、それがとてもキュートで、こちらまで自然と笑みを浮かべてしまう。

今もそうだ。うっすらと微笑して眠っている無防備な姿を眺めているだけで、胸の奥がほんのりとした優しいあたたかさに満たされていく。

そしてこんな平和でおだやかな時間というのも素敵だな思う。

(こうしていられるのも短い間だけだし……いずれ会えなくなるのに)

なのに、こんなふうにしていると、どんどん好きになってしまいそうだ。その唇にキスしたり、その肩に自分ももたれかかったりしてみたい……と思ってしまって怖い。

だめだ、このひとに惹《ひ》かれたら——と己に言い聞かせながら、窓を閉めたときだった。

「わあ、アレクサンドルさまの馬車だ！」

突然の子供の声に紗季はハッとした。外からわいわいと彼の名を呼ぶはしゃいだ声が聞こえ、アレクサンドルも気づいて目を覚ました。

「アレクサンドルさまだ」

「わーい、アレクサンドルさまがもどってきたよ」

するとアレクサンドルは御者をしているギイに声をかけた。

「ギイ、少しだけとめてくれ」

「……いいですけど、またですか」

あきれたようなギイの声。

「せっかく迎えにきてくれたんだ、あいさつしないとね」

カーテンのすきまから見れば、十数人ほどの子供たちが馬車をかこんでいた。服装から察するに、このあたりの農家の子供たちだろうか。

「人気者なんですね」

「みんな、私が帰ってくると集まってくるんだ。紗季、きみはティティとここで待っていて」

紗季にティティをあずけ、帽子をかぶりなおすと、アレクサンドルは小さな袋を持って馬車の戸を開けて外に出た。

「アレクサンドルの病気が始まったよ」

ティティがあきれたように言う。

「病気？」

「ほら、見てみな」

ティティはぴょんとむかいの席に座り、窓を指差した。紗季は思い切って窓を開けてみた。

わっと子供たちがアレクサンドルに寄ってくる。

「はい、お土産だよ」

アレクサンドルは袋から金貨を出すと、子供たち全員が手を伸ばしてくる。

「きみの家は三人家族だったから三枚だよ。きみは四人だったね」

にこにこと笑って金貨を渡しているアレクサンドルの姿を紗季は馬車のなかから目をぱちくりとさせながら見ていた。

人気者……というよりも、カモ？

あんなににこにこして金貨だなんて。お菓子くらいにしておけばいいのに。

「アレクサンドルさまには困ったものです」

ため息混じりのギイの声が聞こえてくる。その言葉にふんふんとティティもうなずく。前方の窓から紗季はギイに問いかけた。

「よくあることですか？」

「ええ、あのかたはいつもあんなふうで。優しすぎるほど優しくて。見てみなさい、子供たちのなかには彼から盗みを働こうとする者も……」

「え……」

そのとき、二人の子供の手がアレクサンドルの上着のポケットに伸びていることに気づき、紗季は思わず馬車の戸を開けた。

「ちょっと待った！　そこの子供、待つんだ！」

反射的に馬車から飛び降りようとしてハッとした。しまった、ふわふわドレスにヒールだった。思いきりふつうの感覚で飛んでしまったため、思わず裾を踏んづけて落ちてしまいそうになる。

「危ないっ、紗季」

ふりむき、腕を伸ばしたアレクサンドルが抱きとめる。ふわっと抱っこされた紗季に、彼はエクボを刻んだ笑みを見せた。

「だめじゃないか、紗季、出てきたりしたら」

「だめなのはあなたのほうですよ」

紗季はアレクサンドルの腕から降りると、スカートをまくりあげて小麦畑のなかを逃げていこうとしている子供二人を追いかけた。

「その赤毛と、黒髪、待って！」

紗季は十歳くらいの子供ふたりの首根っこをつかまえた。

「さあ、アレクサンドルさまから盗んだものを返すんだ！」

「すみません、すみません」

「すみませんじゃない、さあ、早く出すんだ」

「えーん、ごめんなさい」

泣きながら子供たちがポケットから宝石を出す。ダイヤとルビーの指輪に、エメラルドの腕輪、それから金貨の入った小さな袋。こんなに盗んでいたなんて。

「きみたち、こんなに盗んで。だめじゃないか」

するとうしろからアレクサンドルが紗季の肩に手を伸ばしてくる。

「いいんだよ、紗季。彼らだって盗みたくて盗んだんじゃない。ただ貧しいから……」

「あなたは黙っててください。ぼくだってわかりますよ、子供がこういうことをするのには、理由があるってことくらい」

紗季はアレクサンドルに宝石を渡したあと、地面にひざをつき、泣きじゃくっている子供たちの髪を撫でた。

「必要なら、ちゃんとアレクサンドルさまにくださいって言うんだ。どうして必要なのか、どれだけ貧しいのか、どんな生活をしているのか……それを説明したら、アレクサンドルさまは必要なことをしてくださる。でも勝手に盗むのはよくないよ」

子供たちに謝罪させたあと、紗季は盗みを働いた理由を訊いた。

両親が疫病で亡くなり、幼い弟妹がいて食べ物に困っている上に、姉が娼館に売られそうなので盗みをはたらいたらしい。

アレクサンドルではなく、異母弟が領主になるという噂が広まっていて、それではもう金貨を無心できないと思ったとも話していた。

改めてアレクサンドルが使用人を派遣して、彼らの生活について相談に乗るということにしてその場を去ることになった。

「紗季、驚いたよ、きみがあんなに大胆なことをするとは」

馬車にもどると、アレクサンドルはティティを抱っこして苦笑した。乱れてしまった紗季の髪を整えようとするアレクサンドルに、紗季は不満げに言う。

「無防備すぎます、アレクサンドルさまは」

「気づいていたよ。急に腰のあたりが軽くなったからね」

「いいんですか、それで」

「お金も宝石もたくさんあるし、私は生活にはまったく困っていないから……欲しいなら持っていけばいいと思っていた」

にこやかに微笑するアレクサンドルに紗季はため息をついた。

「あなたはよくても、それでは国民の秩序が保たれません。泥棒は犯罪ですよ。いけないことだと子供に教えないと、彼らが大人になったときに困ってしまうじゃないですか」

「そうだね、きみはすごいね」

アレクサンドルは納得したようにうなずいた。

「さっき、きみが子供たちに話しかけている姿を見て反省したよ。私の行動は、明日、困っている人間にはいいけど、この先のことまでは考えていなかった、と。お金に困っているなら、宝石くらいどうぞという気持ちだったが」

パンがなければお菓子を食べればいいのに……と言ったのは誰だろう。正式には、お菓子ではなく、ブリオッシュだったようだが。

「でもこの先のことが大事なんだと気づいた」

「そうですね、あなたにしかできない仕事ですから」

「私にしかできない仕事……というわけか」

「はい」

紗季がうなずくと、しみじみと紗季を見つめたあと、ほおに手を伸ばしてきた。

「ありがとう、紗季」

アレクサンドルが突然キスしてくる。

「……っ」

「今まで誰も教えてくれなかった。それが私の仕事か。ひとつ、賢くなったよ」

やっぱり、このひと、ゆるすぎる。ひとが良すぎるというのか。

（本当に……こんな性格で……やっていけるのか）

だから、異母弟が領主になるという噂も広まっているのかもしれない。

彼の説明によると、暗殺しようとたくらんでいる義母や異母弟、それに彼女たちと徒党を組み、アレクサンドルと敵対している親族たちもたくさんいるらしいけれど。


「着いた。ここだよ」

連れていかれたのは、うっそうとした森を背景にした美しく優美な白亜の城だった。

（……ここが眠り姫の城？）

噴水のある庭園を抜け、建物の前までいくと、うやうやしく使用人たちが戸口の前にずらりと居並んでいるのがカーテンの隙間《すきま》から見えた。

「お帰りなさい、アレクサンドル」

馬車の外からツンとした女性の声が聞こえてくる。アレクサンドルは紗季の顔にベールをかけ、耳打ちしてきた。

「義母上だ。くれぐれも気をつけて」

「気をつけてって……」

「出されたものは口にしない。触れない。必要以上に話さない。眠り姫の悪い魔女を相手にしていると思えばいい」

悪い魔女……。顔を見ただけで殺されてしまいかねないではないか。背筋に寒気がするが、アレクサンドルは、ずっとその魔女を相手にしてきたのだ。ひとりで、ずっと。

ふたりでなら、少しはマシになるかもしれない。

覚悟を決め、紗季はアレクサンドルに手をとられて馬車からおりた。

「……っ！」

使用人たちが紗季を見るなり、ぎょっとした顔をしている。

どこか変だっただろうか……と顔をこわばらせたそのとき、紫色のドレスを身につけた妖艶な女性が一歩前に進んだ。

（……このひとがお義母さんか）

焦げ茶色の髪をバロック風にくるくると耳のあたりまで巻き、大きく胸元のひらいた華やかなドレスを身につけている。

びっくりするほど豊満な胸元に思わず目がいってしまう。どれだけ恐ろしい顔をしているのかと思っていたけれど、くりくりとした大きな目と長い睫毛、それから目尻の泣きぼくろと艶っぽい口元が印象的な色っぽい美女だった。

「アレクサンドル、ずいぶん風変わりなお嬢さんをお連れになったのね」

黒い羽の扇をはたはたと顔の前で揺らしながら、彼の義母は紗季の頭の先から足の先まで舐《な》めるようなまなざしを向けた。

その小バカにしたような視線に加え、変なものを見るような使用人たちの視線。紗季は自分のドレスを見てハッとした。

草や土で汚れている。葉っぱやてんとう虫もくっついていた。さっき、子供たちを追いかけたときのものだ。

「ええ、私の婚約者は本当に風変わりです。先ほど、孤児たちの困窮の訴えに耳をかたむけ、彼らの将来について真剣に考えていました。享楽や贅沢よりも、奉仕と慈愛に満ちた尊い精神をもったすばらしい姫君ですよ。義母上も、ここにいる全員、敬意とともに接してください」

紗季の肩に手をかけて自分のもとに抱き寄せ、にこやかに微笑するアレクサンドルの言葉に、使用人たちが深々と頭を下げる。

「そう、それは素敵な姫君ね。私は、アレクサンドルの義母のレベッカ。よろしくね」

「紹介します。宰相から紹介された私の新しい婚約者・グレースです。愛称は紗季。流行りの東洋風の名前で呼んでいます」

そんなのが本当に流行しているのかわからないけれど、「紗季です」と紗季は教えられたとおり、ていねいにお辞儀をした。

「今夜は、あなたの歓迎会をひらきます。近隣の大貴族を招待しています。侯爵家に恥ずかしくないよう、よろしくお願いします」

歓迎会……。

月が出始めた夜空にまばゆいほどの星が瞬いている。松明の灯が幾何学模様の美しい庭園をオレンジに染めていた。

「支度はできたかい？」

「はい、ドレスの汚れをとって、髪を直しました」

「うん、とても綺麗だね」

綺麗なのはこの人だと思う。

アレクサンドルはひざまである青色の衣裳《いしょう》を身につけている。襟元《えりもと》と袖口から白いブラウスがこぼれ、美しい翡翠《ひすい》の宝石で襟元を止めていた。

華やかなシャンデリアの光があふれそうなほど灯った広間は、ぞくぞくと現れる客で埋め尽くされていく。

薄暗闇を払うシャンデリアの蠟燭がゆらゆらと人影を揺らめかせ、クラブサンの演奏家がゆったりと甘い音楽を奏でている。

「今夜は怪しい動きはありません」

ギイがふたりに近づき、後ろから声をかけてくる。

「クレマンは？」

クレマンとは彼の二つ年下のイケメンの異母弟らしい。

「クレマンさまは今夜はいらっしゃらないそうです。明日の騎馬試合のため、ゆっくり休みたいとおっしゃられ」

明日、クレマンとアレクサンドルは、騎馬試合をすることになっているとか。

「さあ、アレクサンドル、こちらへ」

義母のレベッカは中央に用意された玉座のような椅子の前に行くと、鷹揚《おうよう》にほほえみ、ふたりを手招いた。

「はい。さあ、紗季、こちらへ」

招待客の視線が一斉に三人に注がれる。紗季は、事前に言われていたとおりにこやかに微笑み、人々に小さく会釈した。

「何と美しい」

「お似合いのふたりですね」

広間から溜め息がこぼれる。

義母が微笑しながら椅子に腰を下ろすと、音楽が再開され、人々が手をとって踊り始める。

バロック時代の舞踏会は初めてだ。バレエ学校にいたときに、宮廷舞踊も習ったことがあるが、それと少し似ている気がする。

（あ、でもそうか、ぼくが習ったのは男性のパートだった）

振り付けはわかるものの、もう少し練習しないと踊れないだろう。

「ダンスは得意だと言っていたな。踊るか？」

「え、ええ、でももう少し練習しないと」

「そう、じゃあ、外で練習しようか」

アレクサンドルは紗季の手をとり、ダンスをしている招待客のかたわらを抜けるようにしてテラスのある方向へとむかった。

時折、声をかけられるが、身バレしないよう、簡単な挨拶だけすませてとおりぬけていく。

先日の仮面舞踏会に比べると、中世の色が濃く出た夜会に感じられる。

色とりどりの装束をまとった男女が古いクラブサンやリュートやハーブが奏でる音楽に乗って優雅に踊っている。

ワインや美食が振るまわれ、会場全体に漂う香木の香りが招待客を甘く酔わせているようだ。

「さあ、こっちへ。このあたりなら音楽が聞こえる。練習しようか。月も星もあんなに明るく煌めいている」

会場の外のテラスをぐるっと迂回《うかい》し、庭園の噴水に面した踊り場までいくと、アレクサンドルが空をふりあおいだ。

電飾も何もない。飛行機も飛んでいない時代。

夜はこんなにも暗く、そして当然だが、星はこんなにもまばゆかったのかと改めて驚く。

「綺麗な花が咲いてますね」

月明かりが庭の池で咲いている純白の睡蓮《すいれん》を浮かびあがらせている。

モネの絵に出てくるような美しい睡蓮だが、夜の闇に咲く様子はとても幻想的でロマンチックな気分になる。

「睡蓮て……夜も咲くのですか？」

「ああ、あれは月下睡蓮といって、夜でも咲く睡蓮だ」

「そんな花があるのですか」

「未来にはないのか？」

未来には……ないと思う。けれどもしかすると、ただ単に紗季が知らないだけで、存在するかもしれない。だからないと答えていいのかどうか。

「この香りは、あの花からですか？」

夜の闇から漂ってくるスミレに似た香り。スミレの砂糖漬けを思いだす。

「そうだよ」

すごくいい香りだ。うっとりとしてしまう。紗季は池のかたわらにしゃがみ、月下睡蓮に手を伸ばそうとした。

「待って、毒があるので気をつけて」

「毒？　睡蓮に？」

それは初耳だ。鈴蘭《すずらん》なら知っているけれど。

「月下睡蓮には毒がある。花は香るのだが、その球根は無味無臭で、粉末にしたものは液体に混ぜやすい。私のこれまでの妻たちもあの毒を飲まされたのだろう。父もそうだ。しかも大量に。少量では熱が出る程度だから」

「無味無臭で液体に混ざるなんて……避けようがないじゃないですか」

「そう、だからきみもここで出されたものは、私がいいというもの以外は絶対に飲まないように。未来に帰る前に命を喪ってしまうよ」

背筋がぞっとした。毒殺……現代でふつうに暮らしていた自分の現実には、まずあり得ないようなことだ。

「でも……犯人がわかっているのに、どうして逮捕しないのですか？」

「犯人の黒幕をさぐっている。これほどまでに大それたことが義母だけの仕業だとは考えられない。その裏にいる人物……それをたしかめなければ同じことのくりかえしだ」

切なそうに、哀しそうに言うアレクサンドルの横顔を月明かりが淡く照らしだす。紗季はその表情を見てハッとした。

もしかして、この人はわざとバカな振りをしているのだろうか。ハムレットのように。

「黒幕が見つからない状態で、義母上を逮捕してもだめということですか」

「そう、それがどんな権力者なのかもわからない。こちらが気づいていることも知られないようにしなければ。警戒されてしまう」

やはりそうなのだ。ふわふわゆるゆるとしているようで、実は中身はそうではなくて——というタイプなのだ。

「では……本物のグレースさんがいなくてよかったですね」

「え……」

「宰相どのからの紹介ですよね。その彼女が暗殺されてしまったら、侯爵家の存亡に関わるじゃないですか。あなたの狙《ねら》いは、わかりました」

「狙い？」

アレクサンドルは不思議そうに眉を寄せた。

「身代わりの婚約者を仕立てた狙いです。グレースさんを守るためですよね。犯人をあぶりだすため、本物ではなく身代わりを」

「……紗季……そうでは……」

「どこの馬の骨ともわからないぼくなら、たとえ暗殺されたとしても政治的に何の問題もないわけですから」

紗季は笑顔で言った。

「それともぼくをもともと疑っていたりして」

半分冗談めかして言う。自虐的だと自嘲しながらも。

「どういう意味だ？」

「未来からきたとか、変なことを言っても疑いもしなかったので」

アレクサンドルはふっと笑った。

「言っただろう、私はティティの気持ちがわかると」

「え、ああ、はい」

「彼はきみが安全だと思っている。だから疑いもしなかったし、暗殺用の身代わりになんて考えてもいないよ。きみのことは、未来からきた、かわいくてすてきな眠り姫だと思っている」

紗季のほおにちゅっと音を立ててキスしたあと、アレクサンドルはさらにつけ加えた。

「それだけじゃない。いざというときは、ドレスが汚れるのもかえりみず飛びだし、正義感にあふれた行動を示し、さらには貧しい人たちの行末も心配する、かしこくて立派な人間だとも」

「……」

そんな立派なことはしていないのに。でも彼がそう思ってくれていることに胸が熱くなり、目頭が痛くなってきた。

ぽろりと瞳から涙が流れ落ち、紗季はハッとして手の甲でそれをぬぐった。

「どうしたの、なにか失礼なこと言った？」

「いえ……あなたの気持ちがうれしくて。ぼくのこと、信じてくれているだけでなく、そんなふうに思ってくれていることが」

彼はにっこりと微笑した。

「もちろん信じてるよ。暗殺者なんて考えもしなかった。これでも陸軍の元帥だよ。まあ、殆《ほとん》ど名前だけの地位だけど。それでもきみがどの程度、鍛えられた人間なのかは一目でわかるよ」

「……？」

紗季の首に手を伸ばし、幸せそうな顔で見つめてきた。

「何の訓練も受けていない。すきだらけだし、そもそも薔薇の褥で無防備に眠っていたし……本当に妖精のように愛らしく。それに私への邪気もない。それどころか好意さえ感じる」

「あ、あの……」

紗季は苦笑いした。

真顔で妖精だなんて恥ずかしくなるからやめてほしい。

「それにいつも甘いお菓子のような香りがする。暗殺者というよりは、未来からきた菓子職人というほうがしっくりとくる。女装も似合う体型の、無防備で無警戒な、きみのような人間を暗殺者にしても失敗するだけだろう」

「……まあ、その通りですけど」

アレクサンドルは紗季の手をとり、背中に腕をまわしてきた。

「さて、ダンスの練習をしようか」

身体をひき寄せられ、胸と胸が密着する。

「え……ええ……」

鼓動が跳ねあがりそうだ。布ごしとはいえ、どくどくと大きく脈打っているのが彼に伝わってしまっているだろう。

「そんなに緊張しないで。ここには私ときみしかいないよ」

「え……ええ」

だから余計に緊張するのに。こんなふたりだけの場所で、胸と胸を密着させてダンスを練習するなんて。バレエ学校で女の子とペアを組んだときよりも肌がざわざわしている。

「ねえ、踊ろうよ。きみは、きっと妖精のように軽やかに踊れると思うよ」

「……妖精……は……ないと思いますけど……ダンス、ここでの暮らしに必要なんですか」

ああ、緊張して声がうわずる。

「ここではそうでもないけど、国王陛下の前にいくときには必要になると思う」

「国王の前って」

「言っただろう。ここで親族の承認をとったら、花嫁候補として国王陛下の前で紹介すると。きみもベルサイユ宮殿の舞踏会に出席するんだ」

「……っ」

「そこで私と一緒にダンスを踊るんだ。誰よりも美しく、誰よりも優雅に」

ベルサイユの舞踏会でアレクサンドルとダンスを踊る。

つまりベルサイユデビューということか。バレエダンサーを志したことはあったけれど、パリオペラ座学校の入学試験にさえ合格しなかった自分が、ベルサイユ宮殿で国王の前でダンスをする。考えただけで失神しそうだ。

（いや、なにもプロのダンサーレベルを求められてはいないとは思うけど……）

でも踊るのなら、やはり誰よりも綺麗に踊りたい。パ・ド・ドゥのクラスで女の子を持ちあげる力はなかったけれど、宮廷舞踊のレッスンでの成績はよかったし、好きだった。

「わかりました。がんばってベルサイユで誰よりも優雅に踊ってみせます」

紗季の返事にアレクサンドルがステップを始めようとしたそのとき、ホールから聞こえてくる音楽が終わってしまった。

「……」

次の音楽が始まる。リュリのパッサカリア。

母がよく踊っていたダンスだが、この曲はふたりでデュエットダンスを楽しむものではなく、舞台上でプロのダンサーが音楽に合わせてひとりで踊るものだ。

「そうか、今はリュリが活躍していた時代なんですね」

「知ってるのかい？」

「え、ええ、母がよく踊って……」

言いかけ、ハッとした。そうだ、未来のことは話してはいけないのだ。そもそもこの時代にバレエがどんなふうな状態のものだったかわからないし、パリのオペラ座で未来ではバレエを上演しているとか、そういう事実を口にするわけにはいかない。

「まあ、いい。それより、明日なんだけど、この城で中世風の騎馬試合を行うことになっているんだ。きみは勝利の女神の役だ」

「え……」

「そこに参加して、優勝者に褒美のリボンを与えるんだ」

「ぼくが?」

「そう、白いリボンを用意しておく。ベールをかぶって。私も参加するから」

「え……」

「ちゃんと優勝するから、私にリボンを」

「わかりました」

「会場はあのあたりの馬場だ」

アレクサンドルが肩に手をかけてくる。

庭先になんとなく赤い光があるような気がする。もしかすると、カエルのティティの本体があそこに埋まっているのかもしれない。

「どうした?」

違った、よく見れば、ブーゲンビレアの赤い花だった。

「……あのティティは？」

「さあ、彼ならそのへんにいると思うけど、急ぎの用事かい？」

「あ、いえ……あのどのくらいここにいればあなたのお役に立つのですか？」

ティティの本体が見つかってしまうとそのまま自分は未来にもどることになる。そうなれば身代わりの婚約者がいなくてアレクサンドルが困ることになるだろう。

「そうだな、とりあえず私が家督を継げるようになったあと、国王にその報告をする……さっき話していたベルサイユの舞踏会のころまでかな」

「どのくらいかかりそうですか？」

「一カ月くらいかかな」

だとしたら一か月は、ここにいてこの人に協力することになるのか。

でもそれが終わったら……このひととはもう……。

ふっと淋しさがこみあげ、うつむいた紗季の様子を誤解したのか、アレクサンドルは心配そうに言った。

「ごめんね、危険かもしれない場所に呼んだりして。その間は……きみになにも起こらないよう気をつけるから」

「……え、いえ……」

このひとは本当に優しい。大貴族なのに、ちっとも傲《おご》ったところもなく、思いやりにあふれている。

それにとても心が美しい。

昼間、子供たちの話をしたときもそうだった。知らないこと、気づかないことを認め、新しく知ったことをしっかり自分のものにしようとしていた。

一見すると、綺麗なだけのゆるふわのバカ坊っちゃん。だけど本質はそうではない。剣は強かったし、誠実そうな従者からもその家族からも大切に思われていた。

あの修道院長だってものすごく楽しそうに彼と接していた。

すてきなひとたちが大事に、心から彼を大好きでいるのがわかった。ティティだってそうだ。ジャンが神の化身として崇《あが》めていた神秘的な彼がアレクサンドルにはとてもなついている。

稀有なまでに清らかな魂を持ったひと……。

このひとの本質はそうなのだと思う。

政治的にも宰相から気に入られて、親族の女性を紹介されているという時点で信頼できる人物に違いないと思う。

だからこそ義理の母親や義理の弟が彼の命を狙っているのだ。そして有力な配偶者を持たさないようにしてこの家を継がせないようにしているのだというのがわかる。

それがわかったところで紗季にはどうすることもできないのだけど。

だからとりあえず役目を果たさなければ。

「やっぱりどうしても未来に帰りたい？」

ふとアレクサンドルが問いかけてくる。

「え……そりゃやっぱり元の世界にもどったほうが」

「でも私は嫌だな」

淋しそうにアレクサンドルが呟く。

「賢くて、可愛くて、綺麗で、凛々しくて……その上、ティティとも話ができる。そんなすばらしい人間とせっかく出会えたのに、このまま離れてしまうなんて切ないよ。きみ、恋愛も真剣にしたいと言ってたよね」

アレクサンドルの言葉に、紗季は目を細めて顔を上げた。

「それは古今東西の物語にもあると……」

言ったじゃないですか、と突っこむ。

「でも今の私をとりまく世界にはそんなものは何もないんだ。母の言ったような愛なんて幻想だと思っていた」

そういえば、前にそんなことを。

「みんな恋愛なんてゲームだと思っている。たくさんしたほうがいい。情事を楽しんだほうがいい。快楽を分かち合ったほうがいい。そうして私をベッドに誘う男女がいっぱいいる」

「女だけではなく男も……ですか」

フランスの宮廷では当然のことだったのだろうか。歴史にくわしくないのでそのあたりまではよくわかっていないが。

「そう、どうも私は宮廷のなかでも特別美しいらしい」

自分で言うなと思いながらもその通りだと思う。

「そんな美しい私と恋のゲームをしたいと思う貴族や貴婦人は多いようだ」

「あなたはしたくないのですか？」

「めんどくさいじゃないか」

「ぼくと恋のゲームをしたいと言ったのに？」

「恋愛なのか命をかけたくなるのかよくわからないけれど、きみとはそういうことがしてみたいと思った。でも他の人とではめんどくさい」

「……」

アレクサンドルは微笑した。

「だってそうだろ。夜はふつうに眠ったほうが楽じゃないか。むしろティティと一緒のほうがよく眠れる。ぐっすり眠れないようなことをしたくないんだ。めんどくさい」

「それは同感です。ぼくもぐっすり眠るの大好きです」

「そうだな、修道院でもとてもよく眠っていた」

「あれは疲れたからで」

本当にそうだ。それどころじゃないという気持ちもあったけれど。

「そう、一日の終わりにぐっすり眠ることもなく、頭を使ってゲームのようなことをして会話を楽しんで口説いたり口説かれたり……相手の気持ちを想像したり相手に策略のようなことを仕かけたり、そんなことをしてベッドに行ってさらにそこから運動しなければならないなんてとてもめんどくさいと思わないか？」

その理論に思わず吹き出しそうになってしまった。

ああ、未来のジャンに聞かせてやりたい。

ジャンはフランス男は恋愛しなければフランス男じゃないというようなことを言っていたけれど。ここにこんなひとがいるではないか、と。

「ぼくもそうかもしれません」

「そうだよね。疲れることとやめんどくさいことはごめんだ。だから感情が大きく揺さぶられることも好きではない。ましてや命がけの恋愛なんて考えもしない。でも、それは悪くないと、きみに会って初めて感じるようになったよ」

「え……っ」

「きみが楽しそうにしているととても楽しいし、こうしていると本当に気持ちがはずんでくる。こんなことは初めてだよ」

自分も同じ……と、言いたかったが、やめた。

なぜなら、紗季は近い将来、元の世界にもどる。そうなればこの人とは別れなければいけない。これ以上好きになったらどれほど心が大きく揺さぶられてしまうか。

未来にもどったときに、もどらなければよかったなんて……絶対考えてしまいそうな気がして怖いのだ。人を好きになるなんてこれまでなかったから。

アレクサンドルは小指から指輪を抜きとり、紗季に差しだした。

ダイヤモンドの嵌《は》めこまれた金の指輪。

内側には、ルーン文字でなにか言葉が刻まれている。それを紗季の右手の小指に嵌めると、アレクサンドルは満足そうにほほえんだ。

「私の気持ちだ」

「あの……」

これは受けとれませんと慌てて首を横に振ると、アレクサンドルは紗季のあごをつかんで唇をよせてきた。

「キスしていいか？　濃厚な、愛を証明するようなキスを」

「え……あの」

「婚約者としての予行演習だ。みんなの前でしなければいけないときもある。これは練習のようなものだ」

「練習……ですか」

紗季は眉を寄せた。

「そう、愛するもの同士のキスの練習。よこしまな気持ちもなく、ただキスというものがどういうものなのか、みんなの前でしなければいけないときにできないと困るだろう？」

みんなの前、みんなの前って……必要以上に強調すればするほど……ただのこじつけに聞こえてしまうけど。

「だから練習をしておくのだ。愛しあっている婚約者同士としてふさわしいキスの仕方を」

「お互い濃厚なのは初めてなのにそんなことできるのですか」

「フランスの男が初めてでもそれぐらいのことができるのだ」

そんなジャンおじさんみたいなこと言わないでほしいと思ったが、もうこのひとのやりたいようにしてやろうと思った。そのほうが楽しいから。

「……まあ、ぼくも別に知識としてならやり方ぐらいは知っていますが」

「うん、知識はダメだよ。ちゃんと実践で身につけておかないと。さあ、練習しておこう」

あごをつかまれ、ほおにさらりとしたアレクサンドルの髪が触れる。

キス、きっと初めての濃厚なくちづけ。

ぴくりと肩をすくませ、浅く息を吸いこんだ紗季の唇にそっと優しい感触の唇が触れた。

「……っ」

甘いスミレのようなにおい。

いや、スミレだけではない。庭園を彩っている美しい薔薇や雛菊やブーゲンビレアといった花の噎せるような香りがしている。

美しい庭園、それに眠れる森の美女のモデルになった城。空には満点の星々。心地よい気持ちにならないわけはない。

ちゅっ、ちゅっと音を立てて最初はついばんでくる。かわいい猫にキスしているようだと思いながら、同じようについばみ返す。

「ん……っ」

これくらいなら平気だと思ったのに、唇の隙間からはいりこんできた舌先に心臓が跳ねあがりそうになる。

たがいに舌をもつれさせ、呼吸ごと奪うようなくちづけへと変化していく。

キスというのはなんて切ない行為なのだろう。胸がどうしようもないほど甘く疼き、肌が熱っぽくなってきた。

「……どうだった?」

唇を離し、至近距離で彼が尋ねてくる。

「え……ええっと」

だがアレクサンドルの手が胸元に触れたとき、ふいに怖くなった。

このまま彼と寝ることになってもかまわない。好きだから。今さら、そういうことをしたくないと思うほどの人間でもない。

ただ……触れられるのがとてつもなく怖かった。とりかえしのつかないところにいってしまいそうだから。

「待って……」

「いやだ。もっときみが欲しい」

手のひらでほおを包みこまれ、また唇をふさがれた。

さっきよりもずっと熱っぽく。

皮膚の感触を確かめるように唇を包み込んで舌を絡ませあう。そのまま流されそうになったが、紗季は手でアレクサンドルの腕をつっぱねた。

「待って……もう練習は十分です」

「私はまだ足りないよ」

「このくらいで十分です。国王陛下の前でこんな濃厚なキスなんてしなくてもいいと思いますし」

これ以上すれば、完全に好きになってしまう。というか、もう好きになっているけれど、抑えきれなくなってしまう。

「きみはこの程度のキスで満足なのか?」

「十分じゃないですか」

得たいの知れない感情……とてもぞくぞくして、それが怖い。

この人にひきずられ、未来にもどることよりもこの人と過ごす時間の楽しさに身を投じてしまったらどうなってしまうのか。

「きみともっとキスしたいんだ。練習ではなく、今度は心の平安のために」

その熱っぽい優しげな口調に腹が立つ。しかも甘えるような感じで。そんなことを言われたらしたくなるではないか。

「ぼくはしたくないです」

「私はしたい」

「それなら、あなたを脅すまでです」

するっと彼の胸から、あの綺麗な薔薇の銃を奪い、紗季は銃口を胸に突きつけた。

銃を奪われ、平然と何の警戒もしていない様子に、アレクサンドルははなからこちらがなにもしないと思いこんでいるのだろうか。

「バカだな、それは見せかけの銃だよ?」

「えっ」

得意って言ったのに。自慢げに見せたのに。

がっくりと肩を落としたすきに、彼がさっと銃が奪い、今度は紗季のこめかみに銃口を突きつけてくる。

「……っ」

「というのは嘘で、本物の銃だ」

いたずらっこのように微笑する彼の口元のエクボがとても愛らしい。

「アレクサンドルさま……」

勝ち誇ったような笑みにドキドキする。こんなに色っぽい顔をしていただろうかと思うほど。

「だましたんですか」

「いや、見せかけの銃でもあるし、使える銃でもある」

「で、どっちが本当なんですか」

「さあどちらだろう。そしてきみは私にとてもいいことを教えてくれた。撃たれたくなかったら、キスの練習の続きを」

「……」

しまった。同じことをされてしまった。

「アレクサンドルさま……」

紗季は困ったような目で彼を見た。

「それにきみには私を撃てない」

アレクサンドルは首をわずかにかたむけてこちらをのぞきこみ、艶笑をうかべる。

「どうして？」

「だって……私のことが好きだろう？」

唇の端を少しあげ、紗季の反応をおもしろがっているような様子に、心が傷つく。

「そんなことはないです」

本当はそうだけど、ウイというのは癪《しゃく》に障る。負けた気がして。

「そう？　でも私は好きだよ」

耳元でささやかれ、紗季は目を見ひらいた。

「でも……ぼくは」

視線をずらし、小声で言う。

「いっそこのままグレースとしてこちらの世界で生きていかないか？」

アレクサンドルからの問いかけになにも答えず、紗季はうつむいた。そのあごを掴み、顔をのぞきこんでくる。だめだ、鼓動がざわめく。

「すごく震えている。やっぱり私を好きなのか？」

「まさか」

「私はきみが好きだけど、きみは違うのか？」

「……そ……そういう話は、きちんと離婚してからにしてください」

紗季は真摯にたのんだ。アレクサンドルはその様子にふっと苦笑すると、そのまま紗季に唇を近づけてきた。

音を立てるだけの軽いキス。それだけで全身が痺《しび》れそうになった。

「仕方ない、では今日のレッスンはここまでにしようか」

5　睡蓮の毒

その夜、狂おしい夢を見た。

青い青い水の底、純白の睡蓮が群れ咲いている。

睡蓮のむこうから聞こえてくる美しいバイオリンの音色。

その優しく甘い旋律に導かれるように、アレクサンドルとふたり——月の光が青白く染める水の底にひっそりと沈んでいく。

やわらかな夜の風が吹きぬけるたび、ゆらゆら、ゆらゆらと水面が揺れ、月明かりがふたりの姿を淡い光で包みこんでいる。

甘い香りのする彼の金色の髪が水を孕《はら》んで揺らめいている。

「決してきみを離さないから」

そっとほおにくちづけしようとするアレクサンドル。その吐息のあたたかさがどうしようもなく愛しくて、紗季は自分から彼に唇を近づけていく。

重なりあう唇、指を絡めあわせた手と手、そして胸と胸。

互いの体温が溶けあう心地よさ。

絹糸のようなアレクサンドルの金色の髪が紗季の髪と絡まりあい、シャボン玉のようにはじける無数の泡に包まれながら、水の底で咲く白い花のほっそりとした茎に搦《から》めとられていく。

ああ、このままアレクサンドルとここでひとつになれたら。

この心も、この身体も、そして魂もひとつに溶けあうことができたら。

あまりにも幸せすぎる、あまりにも切ない夢。

「……っ」

朝、目が覚めたとき、紗季は泣いていた。

耳にはまだバイオリンの音色、肌にはアレクサンドのぬくもり、唇には彼の皮膚の感触、そして美しい睡蓮の花の残像が余韻となって身体に残っている。

それを失いたくなくて、紗季は泣きながらシーツのなかでもう一度目を瞑った。

だめだ、どうしよう、こんなにも彼のことが好きになっている。


「さあ、支度をしますよ」

ギイの母親と妹が現れ、紗季の支度を手伝ってくれる。

男性だということを知っているのは彼女たちとギイだけ。入浴はひとりでできるが、さすがにパーティ用の支度は自分ではできない。

「……っ」

人形のようにじっと佇《たたず》んでいると、窓の外からバイオリンの音色が聞こえてきた。

今日の余興のための音楽だろうか。

甘やかで繊細な旋律。以前にもどこかで聞いたことがあるような音楽だが、あの音を聴いていると、今朝の夢の余韻に胸が苦しくなってくる。

(だめだ、これ以上、好きになったら)

そうだ、思い出そう。現代でのことをたくさん思い出して、アレクサンドルに心を囚われないようにしなければ。

現代での生活がどれほど幸せで、どれほど楽しかったかを考えるのだ。

そう、パティシエになる夢が叶うところまできていたのだから――。

そう思うものの……なにも出てこない。

お菓子作りは大好きだ。両親との楽しかった時間を思い出すから。

愛にあふれた時間、喪ってしまった家族への愛の代用品を求めるように必死にパティシエを目指していた。もう両親はいないのに。

今、気になるのはジャンおじさんの安否だけだ。いちるの望みだが。

奇跡的に彼が無事でいてくれるかどうか。もしその命が消えているのなら、あの時代にもどっても自分にはもう誰もいない。

両親の次に大切なひとだ。パティシエを目指すのに必要な道を切り拓《ひら》いてくれた。せめてお世話になった恩返しがしたいというのも、紗季の人生の目標だった。

おじさんを助けてほしいとティティにたのむ。神のような力が宿っているとジャンおじさんが言っていた。スピリチュアルなことは信じていなかったけれど、今は違う。その力にすがりたいと思ってている。

そうだ、そのためにもアレクサンドルをこれ以上好きにならないようにしなければ。

窓からの音楽が耳に入ってこないよう、わざと首を左右に振ると、ドレスを身につけてくれていたギイの母親が心配そうに尋ねてきた。

「――大丈夫ですか、苦しいですか」

「え……いいえ、あ、すみません、大丈夫です」

「なら、いいですけど、苦しかったら言ってくださいね。あまりにも細いんで、ついたくさんしめてしまって。女の子よりも細いですよ」

母親が驚きながらコルセットをしめてくれる。

「あら、その指輪、すてきですね、魔除《まよけ》の指輪をいただいたのですね」

紗季の手の指輪に気づき、妹がはしゃいだ声をあげる。

魔除？　迷信じみた言葉だが、パワーストーン系のなにかがあるのだろうか。ここにきざまれているルーン文字。もしかするとティティと関係があるとか。

「魔除というのはどんな」

「さあ、くわしくはよくわからないのですが、前にアレクサンドルさまがそんなふうに呼んでおられました」

するとギイの母親が紗季の髪を整えながら説明してくれる。

「彼のお母さまがここを出られるとき、アレクサンドルさまに託されたのです。あらゆる悪や災害や疫病からその身を護り、幸せになれる力がある、決してその身から離すな、と。それ以来、アレクサンドルさまはずっと身につけてこられていました。それを譲られたなんて。あなたさまは本当に心から愛されているのですね」

「……」

この指輪にそんな深い意味が？

愛されている？　アレクサンドルに……。

「本当に？　これ、そんなに大切なものなんですか？」

昨夜、彼はあっさりと紗季の指にはめてくれた。大切だとも、母親からのもらいものだとも告げず、自分の気持ちだという言葉だけで。

「ええ、とても」

そんな……。

紗季は無意識のうちに指輪のついた右手を左手で包んでいた。彼の言葉が耳の奥からよみがえってくる。

『キスしていいか？　濃厚な、愛を証明するようなキスを』

『私はきみが好きだけど、きみは違うのか？』

彼の言葉が耳の奥でこだまし、いろんな迷いをかき消してしまいそうになる。もどらなければという気持ちとともに。

（でも……ぼくは……グレースの身代わり。そう、本物がもどってくるまでの）

なのに、どうしてこんな指輪を。どうしてあんな言葉を……。

「さあ、お支度が整いましたよ」

鏡を見ると、ふんわりとしたベビーブルーの上品なドレスに身を包んだ紗季の姿は、よほどのことがないかぎり、男性だとはわからないだろう。

透けた素材でできたベールをかぶれば完璧だ。

城の庭園は、招待された貴族たち以外に地元の領民たちにも解放されていた。

晴れやかな青空に花火があがっている。楽団が音楽を奏でている中央で、花冠をかぶった子供たちが輪を作って楽しそうに踊っていた。

そのまわりを季節の花であざやかに飾られた山車がくるくると回っている。

ヤギがつながれている山車ではチーズを切りとってパンに挟んでくばられている。かと思えば、海賊船を模した山車には海賊風の衣装を着た男たちが宝石風のお菓子をばらまいていた。

テラスに出て紗季は身を乗りだした。すると男のひとりが手を振り、紗季にお菓子の入った籠を届けにきた。

「さあさあ、お姫さまもどうぞ」

「ありがとうございます」

果実の砂糖漬けが籠いっぱいに入っている。

（わあ、おいしそうなお菓子。本物の宝石のようだ）

この時代のお菓子なんてとても貴重だ。わくわくする。ひとつ、苺の砂糖漬けをつまんだそのとき、

「紗季っ！」と足元で自分を呼ぶ声がした。

「え……」

見ればテラスの影にティティの姿があった。

「ティティ……」

笑顔をむけた紗季に、ティティがシッと手で自分の口元をおさえる。話しかけてはダメということか、と思わず口をつぐんだ紗季に、ティティが小声で言う。

「毒入りだよ」

それだけ告げ、さっとティティが草むらに姿を消す。

毒入り……。

紗季が手にしていた苺を苦い眼差しで見つめたそのとき、背後に鋭い視線を感じた。ハッとふりむくと、アレクサンドルの義母のレベッカがそこにいた。

「あ……」

今日は真紅の華やかなドレスを身につけていた。真っ白な肌に、五連になった真珠の首飾りがとても映える。

警戒しながら、紗季は軽くドレスの裾をとってあいさつした。

「食べないのですか」

「え、ええ、食欲がなくて」

「そうね、見知らぬものからの贈り物は警戒したほうがいいでしょう」

レベッカがめくばせすると、近くにいたメイドがさっと紗季の手から籠を奪っていく。

(……もしかして……このひとが?)

いぶかしげに見つめると、レベッカはドレスと同色の扇で顔をあおぎながら微笑した。

「早く席にむかいなさい。アレクサンドルがあなたへの愛の証明として騎馬試合を行うことになっています」

「……危険ではないのですか」

「形式的なものですよ。アレクサンドルが勝つことは最初から決まっています。そのあと、あなたは勝者とともに教会で愛を誓いあう。正午の鐘と同時に試合が始まりますからね」

「は、はい」

レベッカが去ったあと、紗季は力が抜けたように手すりにもたれかかった。

(……驚いた、あちこちにいろんな罠《わな》がしかけられているんだ)

ティティがいなければ毒入りのお菓子を食べていた。まさかあんなものにも毒が入っているなんて誰が想像するだろう。

でもアレクサンドルは言っていた。彼がいいと言うもの以外、口にするな、と。

城のなかでの飲食のときは警戒していたけれど、祭のお菓子にも気をつけなければいけないなんて。と思うと、胸が痛くなって泣けてきた。

いろんなことが悔しくて哀しい。こんなにも簡単に人の命を狙おうとするものたちが大勢いることもそうだし、あの砂糖漬けの果実は暗殺に失敗したとしてこのまま廃棄されてしまうことも悔しくてしかたない。

おいしいお菓子をそんなものの道具に使うなんて。お菓子は人を幸せにするものなのに。

(でも……一番悔しいのは……)

アレクサンドルが命を狙われていることだ。

あんなに優しくて、心遣いがあるひとは他にいないのに。

やり方はちょっとズレていたけれど、昨日も、惜しげもなく地元民たちに金貨をくばり、泥棒の子供たちに気付きながらも、わざと知らんぷりして見逃そうとしていた。

いつも笑顔で、いつもこちらを心地よくさせようとしてくれて。

「……っ」

それなのに……。

胸がきりきりと痛み、大粒の涙がぽとりと床に落ちていったとき、今度はテラスの下から別の視線を感じた。

「あ……っ」

茂みのむこうに昨日の子供たちがいた。

アレクサンドルから金貨をもらっていた子供たちだ。盗みを働いた赤毛と黒髪の子はいないけれど、それ以外の子供がいる。

子供たちの後ろに一人の若い女性。貧しい農家の女性だろうか、日焼けした肌、パサパサに乾燥した髪をターバンのような布でまとめ、土かなにかで汚れた服を身につけている。

「お姉ちゃん、あの水色のドレスを着た黒髪のお姫さまだよ、アレクサンドルさまの婚約者のひと。お姫さま〜こんにちは」

男の子のひとりが笑顔で紗季に手をふると、お姉ちゃんと呼ばれた女性は「ダメ、気やすく話しかけたら」と恐ろしい剣幕《けんまく》で男の子の手を払った。

「あの……」

どうしたのだろう。なにかあったのだろうか。

「すすす……すみません、昨日は……弟ふたりがとんでもないことをして。これ……お返ししますから……どうか……お許しを」

女性はひどく怯《おび》えたような様子で、昨日アレクサンドルからもらった金貨の袋と宝石をさしだしてきた。

「待って。これはアレクサンドルさまが彼らに」

「お……お願いします、どうか弟たちを殺さないで。両親が疫病で亡くなって……私が娼館に行くしかなくなって……それで弟たちはつい」

「ええ、ですからアレクサンドルさまはそれを承知で、あなたたちにそれを」

「だったらどうして弟たちを……連れていったのですか」

「え……」

聞けば、昨夜、アレクサンドルの部下が現れ、盗みの罪で彼女の弟たちふたりが連れていかれたそうだ。

そうやってこれまで犯罪者たちは何人も城に連れていかれ、そして誰一人、帰ったものはいないという。

「お願いします……どうか、お返ししますので弟たちを」

「わかりました。アレクサンドルさまに事情を尋ねますので」

本当だろうか。彼が連れていったなんて。アレクサンドルは、あのとき、捕まえる気など一ミリもなかったはずだ。

彼女たちを返したあと、紗季は近くにいたギイにそのことを問いかけた。

「こちらへいらしてください」

人目のないところまで紗季を連れていくと、ギイは困ったような顔で説明してくれた。

「おそらく奥さまの仕業でしょう。毒薬の実験のため、犯罪者を地下牢に集めいているのです。アレクサンドルさまの名前を使って」

そんな……。ひどい。

「奥さまたちは、領民たちに、アレクサンドルさまは、ジル・ド・レ元帥の再来だと吹聴《ふいちょう》しています。どんな恐ろしいことでも平気でできる人間だと」

その名前は、紗季でも知っている。『眠り姫』同様に、フランスの童話『青ひげ』のモデルになったといわれている男性だ。

大量の少年を凌辱、虐殺し、死刑になった人物。そんな人間の再来だなんてひどい。あんなに優しくて、すてきなひとを。

「でも昨日は子供たちが慕っていたではないですか」

「ええ、まだそこまで悪評が浸透していないので。ですが、今回のアレクサンドルさまの帰郷を利用し、まるで彼が大悪党であるかのような悪評を一気に広めようとされて……」

犯罪者を毒薬の実験の道具にするなんて。

しかもそれをアレクサンドルの仕業と広めているとは。それではアレクサンドルは黒魔術を使っていたとして処刑されかねないではないか。

「子供たちをもどすことは？」

「アレクサンドルさまに相談します。彼はこれまでもそっと逃されていたのですが……奥さまの背後にいるのが誰なのかわかるまでは、ご自身の悪評はそのままにしておけとおっしゃられていて」

「ひどい……ひどすぎる」

胸が痛くて、紗季はぼろぼろと涙を流した。

「どうか支えてあげてください。私もできるかぎりのことはしますが。黒魔術の心配もありますが、アレクサンドルさまは密売人の疑いもかけられていて……本当に、いつ、その身が危うくなるか、心配の種が尽きないんです」

「密売人だなんて……何の」

「これまで彼の婚約者が次々と毒殺されそうになっていますよね。月下睡蓮は、もともとは南フランスにある領地に咲く花。スペインとの国境のピレネー山中原産の花なんです。他の地で栽培しても枯れるだけ。アレクサンドルさまのお母さまがその栽培に成功されたので、ここでは栽培が可能なのですが、他のところでは無理で」

それだけではなく、領地には薬草になるハーブがたくさん群生しているので、アレクサンドルはその薬草を修道院に寄付しているらしい。

月下睡蓮やそれらの薬草と同じものを誰かがスペインに売って、外貨稼ぎの商売をしているらしく、その密売人ではないかと。

「修道院に寄付されているだけですよね。それなのに密売人だなんて……」

そのとき、紗季はハッとした。

「薬草で外貨稼ぎって……それ、ふつうの貿易じゃないですか。いけないことなんですか」

「国王がお許しになっていないですから。貴族が自身の領地からの収益以外の私有財産を増やすことは禁じられているのです」

「薬草を売るのも?」

「ええ、密輸しているとして。特にスペインとはいろんな覇権をめぐって敵対していますから」

そうなのか、麻薬や拳銃や盗品でもないのに、自分のところのものもダメとは。

(そうか。この時代は絶対王権がどうのと、学校で習ったけど……国王の力がそこまで絶大なのか)

あまり成績も良くなかったし、まじめに勉強していなかったのでくわしいことがわからない。それが歯痒《はがゆ》い。

それにしても彼の環境は過酷すぎる。

毒殺されるか、黒魔術の犯人にされるか、密売人にされるか——だなんて。


とにかく子供たちが無事なのかどうかだけでもたしかめないと。

紗季は礼拝堂に行く途中、ティティがいる茂みに気づいた。

「ティティ……」

するとティティは「シッ」と合図を送ったまま、紗季を手招きして、くるりと背をむけて奥へと進んだ。ついてこいということだろうか。周囲に気づかれないよう、そっと彼のあとを追っていく。すると薔薇の生垣のむこうにある石造りの古い物置の裏までやってきた。

「その生垣の奥に隠れろ。楽しい会話が聞こえてくるぞ」

何のことだろう。わけがわからないが、ティティに言われるままそこに身をひそめた瞬間、紗季の耳にレベッカの声が聞こえてきた。

薔薇の間からのぞくと、レベッカのほかに司教らしき人物が現れ、人目を気にしながらそっと物置のなかに入っていった。

くいくいとティティが指をさすので、紗季は物置に近づいて壁に耳を近づけた。

「これを。月下睡蓮の球根を煎《せん》じたものです」

レベッカの声だ。月下睡蓮の球根……ということは毒か。

「これを試合前の儀式用のワインに入れて」

「無理です、毒殺だとバレます」

「大丈夫、実験済みよ。彼は毒の耐性があるから、ちょっとやそっとでは死んだりしない。だから強いものを用意したわ。といっても、その場では流行病に似た症状のめまいと高熱が出るだけ。でも、翌日には心臓がとまっている。誰が見ても病死と思うでしょう」

何という恐ろしいことを。

「しかし、彼の食べ物は必ずギイが毒味をしますよ。ワインも彼が先に」

「わかっているわ、だからアレクサンドルの器にあらかじめ入れておくの。それができるのは、司祭のあなただけ」

「奥さま……しかしこんなこと知られれば、私は異端審問にかけられます」

「そんなことはさせないわ。私の息子のクレマンが侯爵になれば何とでもできるのだから。だいたいあなたにそんなことを言う資格があるの？　聖職者でありながら、あなたが少年たちにしている行為……世間に知られたらそれこそ異端審問行きよ」

「……わかりました」

「そう、私にしたがっていれば悪いようにはしないわ。アレクサンドルが資格を失えば、自然に私のクレマンが爵位をつぐ。そうなれば、彼の婚約者の父親がすべて丸く収めてくれるから」

「承知しました。ではのちほど」

くいくいとティティにドレスを引っ張られ、紗季はあわててその場をあとにした。

とんでもないことを耳にしてしまった。

だが、黒幕が何となくわかりそうだ。クレマンの婚約者の父親ということか。

クレマンはまだ婚約していない。爵位が保証された段階で、婚約するのだろう。

この騎馬試合のあと、クレマンはアレクサンドルを退けて侯爵の地位につき、そして婚約する予定なのだ。

その相手の父親こそ、アレクサンドルがずっと探していた黒幕かもしれない……。

教えなければ、このことを。

「アレクサンドルさまは？」

会場にむかう。しかし遅かった。

「始まるぞ」

正午を合図する礼拝堂の鐘が鳴り始めた。

一回、二回、三回……と正午を伝える重々しい鐘の音に紗季は絶望を感じた。

どのくらいの時間だったか。その間は、全員が祈りを捧げなければならない。やがて鐘の音が鳴り止み、紗季は試合会場に入ろうとした。

しかし衛兵に止められる。

「お願い、入れてください」

「神聖な試合です。司祭と出場者以外、ここに入れません。不正があってはいけませんから。たとえ奥方であったとしても」

どうしよう。会えないなんて。ギイはいないのか、姿をさがすが、彼は毒見係としてアレクサンドルとクレマンの背後にいて、紗季が近づくことはできない。

「どうしよう、せめて杯を奪うことができたら」

すると後ろからティティが紗季のドレスをひっぱる。人々が祈りをささげているなか、紗季の肩に乗って耳打ちしてきた。

「無理だ。杯を奪ったら、魔女扱いされるぞ。神聖な儀式を邪魔するものとして」

「じゃあ、せめて毒が入っていると説明したら」

「どう証明するんだ。鳥や犬や猫に飲ませるのか？　おまえにはできないだろう。だいたいできたとしても、効果は明日だぞ」

そうだった。自然な病死と診断されるようになっている、と。

「それに犯人はあいつらだと言ってもシラを切り通すぞ。それどころか、逆に、おまえこそ犯人だとされるぞ」

「まさか……」

「クレマンを毒殺しようとして、アレクサンドルとおまえを犯人にしたてあげるだろう、あいつらはそこまでやるだろう」

そんな……。

いや、だがそのくらいのことはやるだろう、これまでのことを考えると。

ワインを銀の皿にのせた助祭が現れる。

その後ろに銀色の杯を用意した助祭。おそらくあの杯のなかに先に毒が入っていて、それをアレクサンドルに手渡すのだろう。

まず別の杯に入ったワインをギイが毒味する。その間に、助祭たちが杯にとくとくとワインを入れ始めた。

二つの杯。ああ、もうあれではどちらに毒が入っているのかわからない。

司祭がふたりに騎士としての誓いを立てさせている。

司祭にしか毒入りワインがどちらなのかは把握できていない。どうしよう、せめてワインを捨てさせることができれば。

そうなったら、紗季は神聖な儀式を邪魔したとして、魔女とされることだってある。

この時代、そうしたこじつけやでっちあげによって、邪魔な相手を魔女として訴え、火刑台に追いやっていた人間がいるというのはさすがに紗季でも知っている。

例えば、紗季が『これは毒入りだ』『奥さまと司祭がたくらんだものだ』と言っても、シラを切られたら終わり。

それどころか、ティティの言う通り、下手をすると紗季とアレクサンドルが犯人扱いに。

「待って……待ってください」

もうこうなったら強行突破するしかない。

見学客の間から、紗季は前に飛び出した。衛兵たちが止めようとするが、何とかその間をすり抜けることができた。

これは歴史を変えることではない。今、聞いたことだから。

ふたりの前にすすむ。

「……どうしたんだい、紗季」

アレクサンドルが驚いた顔で視線を向ける。

どうすればいいのか。

「私が今日の勝利の女神です。ワインは私がいただきます」

とっさに紗季は司祭がアレクサンドルに渡そうとしていた杯をとった。そしてそのまま口に含んだ。

ごくりと一口飲んだ瞬間。

「……っ」

「待て、ダメだ！」

アレクサンドルがその杯を奪おうと手を伸ばす。その反動で紗季の手から杯が落ち、ワインがあたりに飛び散っていく。

「なにをしている、神聖な儀式を穢すとは。この女、異端かっ！」

司祭が烈火の如く叫んだその瞬間、アレクサンドルはすばやく剣を抜いてその首元に切っ先を突きつけた。

「……っ」

「異端は、司祭、あなただ」

鋭いまなざし。迫力に、司祭が飲まれ、一歩あとずさる。しかし気を取り直したように彼は震える声で言った。

「アアア……アレクサンドル、な……なにを言う。司祭に剣を向けるとは。悪魔に魅入られたのか、その女とふたり、神に逆らうものとして捕まえるんだ」

そうだ、そうだ、と周りから声が聞こえてくる。

「魔女裁判だ、アレクサンドルを捕まえろ。婚約者も火刑にしろ」

「二人とも死刑だ、死刑にしろ」

群集も、それから諸侯たちも口々に叫んでいる。何なんだ、この人たちは。怒りと哀しみと絶望がこみあげ、紗季はベールをはぎとって叫んでいた。

「ばっかじゃねーのか、あんたたち。なに、ふざけたこと言ってんだよ。この男がどれだけいいやつなのか、ちっとも気づかないで」

ああ、言葉が乱暴になる。とても宰相推薦の姫君には見えないだろう。どこの下町の悪ガキかみたいなことになっている。でもかまっていられない。

「こいつはな、ちょっとゆるくて、ぬけてるところもあるけど、根っからいいやつなんだよ。今まで生きてきて、こんないいやつ、出会ったことないよ。昨日だって、泥棒した悪ガキ二人を、知ってて見逃してるんだぞ。ぼく……いや、私が、犯人を捕まえ、この子たちの将来のためにも、ちゃんと不正は正さないとと言ったら、こいつは、今夜食べるものが必要なんだから、盗ませてやればいいなんて言うんだ。ほんと、ばっかじゃないかと思ったけど……感動したよ」

「紗季……」

「どうしようもないほどのバカだ。天使じゃないのって思うほど優しい。何でこんないいやつが命を狙われなきゃいけないいんだって、もう悔しくて悔しくて……」

紗季がボロボロと涙を流していると、アレクサンドルが濡れたほおに手を伸ばしてきた。

「ありがとう。それだけでいいよ。もし異端で処刑されても、きみが私を信じて、泣いてくれただけで……幸せだから」

ああ、もうこんな大変なときに、エクボを作って愛らしく微笑して、この男、なにを言っているのだろうと思う。

でもこのひとらしくて、こういうところが好きで好きでしょうがない。

「もうやめておけ、アレクサンドル。この際、ふたりまとめてひっとらえるぞ」

司祭は衛兵たちに合図を送った。

「異端審問会にかける。さあ、捕まえろ」

呆然としている使用人たちの中央で、勝ち誇ったようにレベッカが微笑している。

「兄上、残念でしたね」

傍にいたクレマンもふっと口元に笑みを浮かべる。

ああ、どうしよう、このままでは。

「ダメだ、ダメだ、アレクサンドルさまは……」

紗季がたちはだかって止めようとしたそのとき。

「待ってくださいっ！」

ギイの声が反響し、彼が人ごみのなかから、昨日の黒髪と赤毛の少年たちとさっきの女性とを連れて出てくる。

彼らだけではない。その背後には、昨日、野原で見かけた他の子供たちもいる。

「お姉ちゃん、このひとだよ、ぼくたちにひどいことしようとしたの」

赤毛の子供が前に進み、司祭を指差す。

「ぼくたちを裸にして、いっぱい触ろうとしたんだよ」

黒髪の子がそれに続くと、周囲にどよめきが走る。司祭が顔をひきつらせ、硬直していた。

「でも反抗したら殺すって言われて……怖くて怖くて」

今度は他の子供たちが前に出てきた。

「ぼくもそうだ。司祭さまに変なことされそうになった。でも夜、教会の地下に閉じこめられていたら、アレクサンドルさまが助けてくれたことがあって……」

次々と証言する子供たちの言葉に、城内のざわめきが広がる。

よかった、ああ、子供たちがアレクサンドルの無実を証明してくれる。ほっと大きく息をついたそのとき、紗季はふと視界が大きく揺れるのを感じた。

ダメだ、頭がくらくらする。ふらっと大きくめまいがし、まともに立っていることもできない。一口飲んでしまった毒のせいか。

「……紗季っ」

すかさずアレクサンドルの腕が背中に伸び、紗季の身体を支えていた。

「飲んだのか……」

絶望的なアレクサンドルの声。その瞳がこれまで見たことがないほどの哀しみをたたえている。

黒幕は……。

そう告げようとしても声が出ない。

周囲の音がだんだん消えていく。ああ、何という強烈な毒なのか。紗季はそのままアレクサンドルの腕のなかで意識を失っていた。

6　一度きりの人生なら

月の光を浴び、白い睡蓮が水の底で揺らめいている。

その底に沈み、眠り姫のように眠っているのは……アレクサンドルだった。

まばゆい月の光が照らすなか、水流にゆらめく茎や葉が彼の金色の髪に絡まり、まるで彼の命を養分にするかのように純白の花が咲いている。

水のなかでしか咲かない、どこまでもどこまでも白い花の浄らかさ。

甘くかぐわしいその香りに誘われるように手を伸ばす。

ああ、これは彼の魂だ。そう思った。

澄んだ風がふきぬけるたび、水が波打ち、ゆらゆらと彼の金髪をゆらめかせている。

その髪よりもまばゆいのは、透きとおるような彼の肌。

この世界で一番真っ白なのは、あなたですね。一番綺麗なのは、あなたの魂ですね。

その白さに包まれたい。

胸に湧《わ》く思いのまま、ゆっくりと水の底に堕ちていく。そして彼に手を伸ばすと、その長い指先が紗季の手をつかんでくれる。

「ずっと一緒にいます。離れませんから」

「ありがとう、紗季」

水の底で抱き寄せられ、彼にくちづけする。それだけで自分も純白に染められていく気がした。

そう、どこまでも一緒に。この美しい世界で。

そうして目を閉じようとしたそのとき、白い花のむこうに埋もれている石像に気づいた。

——あれは……。

小さな石像。ルーン文字が刻まれたその石像は、おそらく紗季がずっとさがしていたもの。

ティティ、あれはティティの本体だ。

アレクサンドルの手を離し、紗季は水の底に手を伸ばした。

「紗季、どこに」

「あそこにさがしていたものが。彼の魂の還《かえ》る場所が」

そうだ、あれが見つからないと、ティティが。

石像がただの石になる前にさがさないと、ティティは魂がなくなってしまうと話していた。

そのとき、ふっと以前にジャンおじさんから聞いた話を思いだした。

『あの石像には神秘的な力があるらしいが』

『我々の先祖がさる侯爵家の地下から掘りおこしたものなんだよ』

『断絶したはずだ、フランス革命よりもずっと前に。侯爵家の巨万の富をめぐって、妻だか婚約者だかの手引きで、当主が殺されたという記録が残っている。……毒殺されたようだ』

『相当な悪党だったらしい。ジル・ド・レやマルキ・ド・サドのように残忍で、強欲で、男女関係なく陵辱のかぎりを尽くし、トルコの捕虜は串刺しにして地面につきさして、それを見ながら晩餐会をひらいたとか』
『侯爵の断末魔の返り血を浴びたとき、力をとりもどしたそうだ』
待って。それって、その侯爵ってもしかして――。
「まさか」
絶望が胸に広がっていった瞬間、すっと身体が軽くなった。
気がつけば、アレクサンドルの姿はなく、白い睡蓮も消えていた。

「……」

熱にうなされながらうっすらと目を覚ます。

アレクサンドルが紗季の手をにぎって枕元で眠っていた。

多分、深夜なのだろう。暗い部屋のなか、今にも消えそうになった蠟燭の火影が揺れ、アレクサンドルのまぶたに深い影をきざんでいた。

(夢……か……)

外は雨が降っている。窓を濡らす雨音に包まれていると、ここが現実なのか、それとも夢のなかが現実なのかわからなくなってくる。

純白の睡蓮の咲く水の底に沈み、花に絡まりながら狂おしくくちづけをくりかえしていた。

唇だけでなく、体温も溶けあわせ、魂まで一体になっていたような、そんな甘い夢心地がまだ胸に残っていてとても切ない。

（どうしよう……こんなにも好きになっている）

ぎゅっと紗季はその手をにぎった。するとアレクサンドルが顔をあげ、心配そうに紗季の顔をのぞきこんでくる。

「どうだ？」

紗季は小さく微笑した。

「はい……もうかなり」

「よかった、ようやく声が出せるようになったな」

ほっとしたように呟き、アレクサンドルがほおにキスしてくる。

「……っ」

ひんやりとした彼の唇に胸が痛くなる。初夏とはいえ、雨の夜は冷えるのに、彼はずっとここにいてくれたのだ。

あのあと、数日間、紗季は生死のきわをさまよっていたらしい。

アレクサンドルが止めたので、たった一口、ほんの少し喉《のど》を湿らせた程度なのに、何という強烈な毒だろう。

あれから半月ほど経つのに、紗季は今もまだ起きあがることができないでいた。自室ではなく、アレクサンドルの部屋の続き間で、厳重な警備のもと、療養していた。

目を覚ました当初は、聴覚も曖昧《あいまい》で、それこそすべてが水の底にいるような音にしか聞こえなかった。それでも数日で耳は聞こえるようになってきたが、今朝方まで喉に力が入らず、声を出すこともできなかった。

「……もう大丈夫だろう」

紗季の手をとり、愛おしそうにそこにアレクサンドルがキスをくりかえす。もう何度、手の甲や手のひらにその唇を感じたことだろう。

「よかった……あなたが無事で」

ああ、ふつうに話せるようになってきた。まだ少し声がかすれているけれど。

「それは私のセリフだ。どうしてあんな真似《まね》をした」

「あの杯に毒が入っていること、あなたの命が狙われていることを……あの場でどうやって伝えればいいか……わからなくて……」

「バカじゃないのか、きみは。死んでいたかもしれないのに」

アレクサンドルにバカと言われ、どうしたのかふいに涙腺《るいせん》がゆるみ、涙があふれてきた。ぽろぽろと涙を流す紗季を見て、アレクサンドルが不安そうに問いかけてくる。

「どうした、辛いのか?」

紗季は涙を流しながら微笑し、首を左右に振った。

「じゃあ、どうして泣いている」

「あなたに……バカと言われたから……」

え……と、いぶかしげにアレクサンドルが眉をよせる。

「もしかして……バカにバカと言われて……悔しくて泣いたのか」

「いいえ……悔しくてじゃなくて……うれしくて」

「……」

じっと紗季の顔を見つめたあと、アレクサンドルはぷっと吹き出した。そして声をあげて笑い始めた。雨の音を消すほどの勢いで、楽しそうに高らかに。

「安心した、もう命の心配はなさそうだな。ああ、よかった、もう本当にどうなるかと心配で心配で私のほうが死にそうだったよ」

ベッドに座り、アレクサンドルが紗季の身体を抱きしめる。愛しそうに。

紗季はその胸に身体をあずけた。

夢を見ていたとき、あることに気づいた。

この人の未来がそう長くないことに。ここにタイムスリップする前、ジャンが話していた言葉の数々……。

(あのとき、ジャンおじさんが話していたのは……このひとのことだ)

あの石像は『侯爵』の返り血を浴びたというが。

でも『侯爵』は毒殺されたという。

その殺された侯爵というのは、アレクサンドル以外に考えられない。

若くして亡くなった、婚約者のせいで亡くなったとジャンが話していた。

婚約者というのは、果たして自分なのか、それとも違うのかわからない。

そのことを伝えると未来が変わってしまうけれど。

「起きあがれるようになったら、この地を離れよう」

「……はい」

あのあと司祭は任を解かれ、性犯罪者として投獄されたらしい。しかしレベッカは不問にふされたとか。毒殺をくわだてた証拠がないとして。

「ここにいたら、またなにが起きるかわからない。婚約の承認はとった。あとは国王の舞踏会に行くだけでいい。だからそれまでは安全なところに」

「でもぼくは……」

ティティの本体をさがさなければ。

『我々の先祖がさる侯爵家の地下から掘りおこしたものなんだよ』

そうだ、ジャンおじさんは、彼の先祖が侯爵家の地下から掘りおこしたと言っていたが、この城でそれらしき反応を感じたことない。だとしたら、どの地下なのか。

「あの……侯爵家って……リオンヌ侯爵家の邸宅ってここの他にどこにあるんですか」

「他に？　そうだね、南フランスのピレネー山地の近くと、それとベルサイユ居住区にもあるよ。この前、きみがおじさんだと言っていたトレモイユ家のむかいに。といっても間に小川が流れていたり、薔薇園があったりするけどね」

「――――っ！」

トレモイユ家のむかい。

「そこって……ベルサイユ宮殿が一望できますか」

「ああ、少しだけ高台になっているからね。晴れた日は、うちの薔薇園からきらきらとした宮殿を見わたすことができるよ。ほら、あの絵のように」

アレクサンドルが指差したところに、小さな絵が飾られている。

「あれは、我が侯爵家の庭園から眺めたベルサイユ宮殿だよ」

「……っ！」

その絵を見た瞬間、紗季のなかでひとつの謎が解けていった。

迷路の出口を見つけたときのように。

（ジャンおじさんのシャトーホテルから見た風景そのまま。少し違いはあるけれど……そうか、そういうことか）

わかった、ティティの本体が埋まっている地下というのは、灯台下暗し――ベルサイユ居住区にあるアレクサンドルの邸宅だ。

ジャンおじさんが経営しているシャトーホテル。あれは、この時代では、アレクサンドルの邸宅だったのだ。

「……っ」

だとしたら、このひとの命はそう長くない。毒殺され、さらに血が出るほどに惨殺されてしまうのだ。妻か婚約者の手引きによって。

（では本物のグレースに？）

紗季がひきつった顔をしていると、心配そうにアレクサンドルが問いかけてきた。

「紗季、大丈夫だよ、安全な場所を用意したから。ベルサイユデビューするまで、あと半月ほどある。その間はそこで過ごすんだ」

「侯爵家の邸宅には行かないんですか？」

「それはきみがベルサイユデビューするときにね。それまでは秘密の隠れ家で過ごす」

秘密の隠れ家。だとしたら、まだ大丈夫か。とにかくこの身体が元にもどるまでは下手に動くことができないし、まだ頭がそこまで働かない。

「いいね、紗季、ベルサイユデビューしたあとは、すぐに未来に帰るのだ。それまでは命を落とすようなことをしたら絶対に許さない」

未来に……。

「……帰って欲しいのですか？」

訊いてはいけないことを訊いた。いや、訊くのが怖かったことだ。

「帰りたくないのか？」

「……」

返事ができない。自分が生まれ育った世界に帰る。それが一番自然ではあるのだが。

「どうしたいのか決めるのはきみだよ」

優しく包みこむような声に胸が甘くうずく。

「ええ、わかってます」

「大切なひとはいるの？」

アレクサンドルのように惹かれている相手がいるかといえばノンだ。でもジャンおじさんのことを大切に思っている。

「未来のことは何も言えないんですけど……世間的なこととか社会的な概念とかで考えると、やっぱり生まれた場所で生きていくべきなんじゃないかと思うんです」

「べきって言葉、私は嫌いだよ」

声と同じくらい優しげな笑みを見せ、アレクサンドルは紗季のひたいの髪を指先でそっとすくいあげていく。

「こうすべき、ああすべき……その言葉は呪縛だよ。強制だよ。周りや常識に縛られて自分の意思がわからなくなる」

アレクサンドルの言葉に紗季はハッと目を見ひらいた。

「周りの目や常識に縛られて人生の選択を選ぶなんておかしいよ。きみはきみ、他人に迷惑をかけたり、犯罪をしたり、神に背くような行為をしなければ、一度きりの人生、きみが幸せだと感じることをしないでどうするんだ」

一度きりの人生……。

当然のようでありながら、まったくその意味をよく理解していなかったかもしれない言葉だ。

(ぼくが……ぼくがこの人生で幸せだと思うことは……)

唇を噛みしめ、紗季はアレクサンドルを見つめた。

このひとのそばにいたい。と思うことなのだろうか。

震える瞳に涙がたまっていく。アレクサンドルはついと視線をずらした。

「だから遠慮せず、未来に帰ってくれ。国王の前で紹介したら、そのあとは消えてくれてかまわない。それまできみのことは私が守る。私は誰かに殺されるほどバカではない。といっても、バカであることに違いはないのだけどね。大学の成績もよくなかったし」

「さぼっていたと言ってませんでしたか?」

紗季はくすっと笑った。

「そう、つまんなかったから。勉強はあまり得意ではなかった。特に勉強したいことがあったわけじゃなかったからね」

アレクサンドルは紗季を横たわらせると、襟元までシーツをかけてくれた。

「この前、きみに人生の目標はないかと尋ねられたとき、本当に困ってしまったよ。やりたいことなんて何もなかったからね。大学で勉強した内容も、これっぽっちも覚えていないけど、ただそこで過ごした時間は……あながち無駄ではなかったと思うときもある」

「過ごした時間……ですか？」

アレクサンドルがうなずく。

「そう、ラテン語も聖書もまったく頭に入っていないが、それを勉強するために真面目に本を読んだり積み重ねた時間に対する忍耐力や学問を学ぶということへの姿勢は、大学に行かなければわからなかった。ただただ本を読んでるだけではダメなのだ」

「どうしてですか？」

「剣術だって銃だってそうだ。いくら練習で最高の点数をあげたところで、実践で役立たなければ何もならない。戦争だと一瞬で終わりだ」

その通りだ。実践のためのものだ。

「だが実践で役に立てるためには、練習で完璧にしておかなければいけない。つまりは片方だけではダメだということなのだ。ラテン語も聖書もダメだったけれど、それを学ぼうとしていた時間に、培った感覚というのか……生きる意味でのなんとなく大事なことはわかったような気がするし、私にとっての学問はその程度で良いのだ。それ以上は必要ないから」

このひとのこういうところも好きだ。

話をしていると、明快で、とても気持ちが軽くなり、常識とか周りの目とかどうでもいいように思えてくる。

正しいことが正しい。楽しいことが楽しい。それがすべて……という感じで。

「何でも軽く考えておきたいんだ。深くこだわりたくない。楽しく幸せに、たった一度だけの人生だからね。愛にあふれた生活さえできれば、私は別になにがしたいわけでもないんだ」

一度だけの人生……。そうだね、愛が一番欲しいよね。

「そういえばいろんなことがめんどくさいと言ってましたね」

紗季は身体を横にむけ、アレクサンドルを見あげた。彼はちょっと恥ずかしそうに笑った。そのえくぼを消えかかった蠟燭の灯火《ともしび》が照らしている。

「今一番楽しいのは、きみとこうしていることだ。ほかのことは全部めんどくさい」

「本当に？」

「ああ、楽しくて楽しくてしかたない」

紗季から離れ、アレクサンドルは窓辺のソファに腰を下ろした。足を組み、肘当《ひじあ》てに肘をつきながら自嘲《じちょう》するように微笑した。

「一目惚れだ。きみを見つけた瞬間、胸の奥が熱く疼いた。男だけど、私の眠り姫だと思った。この眠り姫を自分のものにすればさぞ楽しいだろうと。そうすれば、私はきみにとって最高の親になれそうな気がしてぞくぞくした」

「親？」

「言わないか？　初めて見たものが親になると」

「……鴨ですか」

「ああ、そう、それになって欲しいと思ったのだ」

少しかすれた声で話されるフランス語が奇妙なほど官能的でなやましく耳に溶けていく。

内容は変だが、その響きは甘やかで、心地よかった。

「どうした？」

片眉をあげ、斜めに見つめられ、紗季は視線をずらした。

「……いえ……趣味が悪すぎと思って」

「そうだね、趣味がいいと言われたことは一度もないよ。センスも趣味もめちゃくちゃだよ。だから未来からやってきたお姫さまが好きなんだ」

アレクサンドルは笑顔で言うと、立ちあがってもう一度、ベッドに近づいてきた。紗季の肩のあたりを手で押さえ、顔をのぞきこんできた。

顔に影がかかったそのとき、ふっとあたりが暗くなった。蠟燭が燃え尽きてしまったらしい。

暗がりのなか、ふっと唇に彼の吐息が触れる。

そっと彼は口づけてきた。軽く音を立てるだけのキスだが、一瞬、どういうわけか反射的に身をすくめてしまった。

「イヤか？」

「い……いえ」

その言葉に胸の奥がなぜか震えた。切なく……狂おしい感覚とともに。

「いやなら、正直に口にして。でないときみを抱いてしまうよ」

その一言にさらにぞくっとする。

暗闇のなか、すぅっとあごに触れる彼の指先も心地いい。ひんやりとした体温の低い指に触れられると、助けられたときの感覚を思い出す。

触れられていたい。この指先にもっと。だけど。

「いやじゃないです……大丈夫です」

「本当に？」

そんな救われたような声で囁《ささや》かないでほしい。

それほど愛しげな声は初めてだ。真っ暗で互いが見えない。その代わりどくどくと胸で脈打つ鼓動の音が彼に紗季の気持ちを伝えている。

「自分なんかに……しかも薔薇園で眠っている男の子に一目惚れした悪趣味な貴族……いやじゃないです」

アレクサンドルはくすりと笑った。

「やはりきみを拾ってよかった」

そっとこめかみに甘いキスをしてくる。

キスだけではなく、香りも甘い。

月下睡蓮の香りがする。そういえば、毒に身体を慣らしていると言っていたけれど、月下睡蓮の毒なのだろうか。

甘く、濃密で……それでいてどこかすがすがしい。

「それに……一目惚れしたとき以上に惚れている」

そして甘く細くに触れる声に包まれていると、木苺を口に含んだときのような心地よさを感じる。

「……でもすぐに抱いたりはしないよ。今はまだ身体の回復が先だ」


それからしばらくして、六月になり、フランスが最も美しい季節になった。

ようやく紗季は起きあがれるようになった。

義母とクレマンはまだ泳がしているようだが、調査はしているとのことだ。

『きみの言葉がヒントになった。要は、クレマンが婚約を考えている相手の人間関係をさぐればいいんだね』

そう、その婚約者の親が黒幕だ。

(だけど……それがわかっても)

この人は殺されるかもしれない。誰に？　いつ？　自分はそのときここにいるのか、もうすでに未来に帰ってしまっているのか。

「では、国王の舞踏会までに安全な場所にいくよ」

そう言ってアレクサンドルが馬車で紗季を案内したのは、以前に一度行ったことがある聖クララ修道院だった。

7　花嫁修業

ユッセ城から馬車で一日半ほど。しばらくの間、紗季は聖クララ修道院で療養することになったが、到着したときにはかなり回復していた。

「もう起きても大丈夫ですよ」

紗季は荷物のなかから男性の服を出した。

「せっかくなので、この前のようにお手伝いしますよ」

「紗季、安静にしてないとダメだよ。一昨日まで寝込んでいたんだから。この修道院には、フランスでも有数の薬草園があるんだ。院長は、薬草作りのプロだ。お手伝いはちゃんと体調を回復させてからでいいから」

「ふふ、そうよ、紗季。まだ数日はじっとしていなさい。あ、でも男の子の服装はダメよ。ここには宮廷の面々もよく出入りしているの。アレクサンドルの婚約者が男だと知られると、あとあと厄介なことになるから」

修道院長はそう言うと、見習いシスター用のドレスをとりだした。

「これを着て。世間的には、アレクサンドルの婚約者をおあずかりして、ここで花嫁修業をさせるということになっているから」

ああ、そういえば、昔の貴族の令嬢は、結婚前、修道院で花嫁修業をするケースがあると聞いたことがある。

「紗季、それでいい？　ベルサイユにデビューする前に、ここで教育を受けたことにすれば、きみも宮廷で過ごしやすいと思うから」

宮廷で過ごしやすいと言われても、一回、参加すればいいはずだけど。国王の前で挨拶し、舞踏会に参加してダンスを踊るだけでいい約束だ。

「アレクサンドル、私に任せてちょうだい。まずは体力を回復させ、そのあと、この子を最高のお姫さまに仕立ててあげるから」

「院長、彼は菓子職人の仕事をしていたんです。私においしいお菓子を作ってくれる約束なので、時々、厨房を貸してあげてください」

それはうれしい。ここの材料を使ってどんなお菓子が作れるのか試したかったのだ。すると修道院長は叫び声をあげた。

「まあああ、何ですって、菓子職人ですって！」

「え、ええ」

あまりの驚きっぷりに、なにかまずかっただろうかと紗季は硬直した。

「あなた、お菓子以外もなにか作れる？　パンとかシチューとかサラダとか」

「え、はい、簡単な食事なら」

「まああああああっ、何てこと！」

「あ……あの」

目をパチクリさせていると、院長はうれしそうに胸の前で十字を切った。

「すばらしいわ、神よ、感謝します。これで私たち、まともな食事にありつけるわ」

「へ……」

話によると、院長以下、どのシスターもお嬢さま育ちでまともに料理ができないらしい。洗濯と掃除は、近隣の農婦を雇っているものの、食事まではできないと断られたらしいのだ。

「こんなにハーブや野菜、果実がいっぱいあるのに誰も作れないんですか」

「そうなのよ、料理はずっと専門家を雇っていたから。私たちが作ったりしたら、それこそ味のないじゃがいものスープ程度しか無理で」

それは紗季も嫌だ。彼女たちは薬草を育てて薬を作るのは得意だが、それを利用した料理は誰も作れないようだ。

「しばらくベルサイユでの舞踏会シーズンでしょう。その間、料理人たちは数が足りないの。多分、少ししたらまた雇って欲しいと何人かくると思うけど、ちょうど半月ほど料理人がいなくて困っていたのよ」

「こちらの料理人も？」

「そう、ひきぬかれてしまったのよ。あの憎ったらしいトレモイユのジャンが、うちのとっても大切な料理人を買収して連れていってね、どれだけ大変だったか」

トレモイユのジャンというと、ジャンおじさんの先祖。近いうち、アレクサンドルの家の地下からティティの本体を掘りおこすはずだ。

「ジャンとはどういう関係ですか？」

問いかけると、二人は少し困ったように目を合わせた。

「あの男はね、近衛騎兵隊をひきいているのだけど……レベッカとも関わりがあって……アレクサンドルに、スペインのスパイ疑惑をかけているの」

院長はしみじみとした口調で言った。

「宮廷内にはいろんな権力派閥があるんだけど、ジャンはがっちがちのカトリック嫌いでね。というのも、王弟のオルレアン公と……一時的にそういう関係だったときもあるみたいで、奥さまとも仲良くて。オルレアン公の奥さまはプロテスタントの国からやってきたでしょう。だからジャンはスペインやイタリアを敵視しているわ」

なるほど。オルレアン公は同性愛者として有名だ。一応、妻子はいる。だがジャンとも恋愛ゲームを楽しんでいた時期があったようだ。

一方、ここはカトリックの修道院なので、スペインやイタリアとつながっている。アレクサンドルの領地もピレネーの近くなので、スペイン寄りではある。

「政治的に敵対しているわけですか」

「そう、そんなこと、アレクサンドルは、全然、関係ないのに。月下睡蓮を医療用にスペイン相手に売買しているって疑われて」

そうか。私有財産をたくわえているという疑惑があるとギイが話していたが。

（そういう争いが重なって……もしかするとアレクサンドルは毒薬を飲まされ、さらに返り血が出る状態で殺されたのかもしれない。その血が石像に……）

いつ、どこでどうなるのか。歴史を変えてはいけないのだから、自分にはどうすることもできない。

けれど。

「どうしたの、紗季、お食事当番はいや？」

考えこんでいると、院長が顔をのぞきこんできた。反対側からアレクサンドルが心配そうに紗季のひたいに手を当てて熱をたしかめようとする。

「まだ本調子じゃないんだから、少し休んだほうがいいよ」

その優しさに、胸がきゅんとする。

もうすぐ殺されてしまうなんて。考えただけで自分も死んでしまいたくなる。

「大丈夫ですよ、もう体調は平気です」

「なら、いいけど」

「料理当番も平気です、ぼくがやりますよ。いえ、ぜひやらせてください。朝食から夕食、それから菓子づくりも」

するとアレクサンドルと院長が同時に紗季に飛びついてきた。

「よかったわ、ああ、ありがとう」

「ありがとう、紗季。私の分もたのんだよ」

「え……アレクサンドルさまの分も必要なんですか」

問いかけると、アレクサンドルは目を細めて幸せそうに微笑した。

「そうだよ。昼間は元帥として宮廷に顔を出さないといけないけど、毎晩、もどってくるから」

「まあ、アレクサンドル、きてくれるの。うれしいわー」

本当に仲がいいらしい。飛びあがらんほどの勢いで喜んでいる。

「ええ。紗季をたのみましたよ。その代わり、休日には肉体労働しますから」

院長が今度はアレクサンドルに飛びつき、そのほおにキスをする。するとアレクサンドルは口元にえくぼを刻んでほほえんだ。

「わあ、助かるわ。ああ、何て幸せかしら。あなたが毎晩きてくれるなんて。紗季の花嫁修業は私にまかせて」


数日は安静にと言われたものの、ごろごろのじゃがいもスープに耐えきれず、翌日から紗季は厨房に立つことにした。

「えっと、これがパンを作る小麦で、こっちがシチュー用の野菜か」

クロワッサンやブリオッシュのような、リッチ系のパンを焼きたいのだが、製菓史の授業で、たしかマリーアントワネットの時代のものだと習った。

ここにある材料ですぐにおいしいパンは無理だ。

「そうだ、クレープなら大丈夫だ」

以前に読んだ本に、当時の作り方が書かれていた。『メナジエ・ド・パリ』というタイトルの十四世紀の本だったので、クレープを作ったとしても歴史を変えることはない。

小麦粉、卵、塩、ワインを混ぜてバターをひいた鉄板で焼くと書かれていたのを読み、十四世紀のものも現代と変わらないのかと思ったのをはっきり記憶している。クレープだけではない、そば粉で作るガレットもあったはず。

（フランスでは、二月のお祭りのときに食べるのが始まりだと聞いたけど、まあ、いいだろう。これならすぐに作れる）

材料をまとめていると、窓辺に現れたティティがウインクしながら話しかけてきた。

「紗季、オレの分も用意してくれよ」

「ティティ、ここにいたんだ」

「ところで……オレの本体、見つかりそうか？」

「……」

いっそティティの本体が見つからないほうがいいのになと思うようになってきた。でなければアレクサンドルが殺されてしまう。

「わかってるぞ。おまえの考えぐらい」

にやっと笑ってティティが言う。

「未来のこと言っちゃいけないって言うけど……ティティにも言っちゃいけないの？」

「言うな。知っていても変えられるものではない。ただし……未来に帰りたくなければ……言ってもいいんだぞ」

ティティの言葉に、紗季は視線をずらした。

「そうなったとき、ぼくはここにずっといるわけだよね？」

「当然だ。もう二度と他の世界には行けないからな」

「きみはどうなるの？　魂がなくなるって言ってなかった？」

ティティはさみしそうに微笑した。

「いいんだよ……寿命だと思えば。まあ、そんなにすぐなくなるわけじゃないし、永遠の命があってもしかたないわけだし」

「そんな……」

紗季は泣きそうになった。では、自分の人生か、アレクサンドルの命か、ティティの命かということになる。

「というのは冗談だ、紗季。大丈夫だ、おまえがどっちを選んでも、オレは本体さえみつかればそれでいい。魂が消えることはない」

大きな目をくりくりとさせてまたウインクしてくる。

「……よかった。それで未来に帰ったらぼくはどうなってるの？　死んだときのまま？」

「死体になってるなら、帰ってもただ土葬か火葬にされるだけじゃないか」

「てことは、生きたまま？」

「そーだよ。たった一度だけ、オレの本体が力を発揮するんだ。おまえを未来に返し、命をとりもどす程度のことしかできないけど」

「命を取りもどすなんてことはできるの？」

「一度だけならな。ただしオレの本体に触れて、オレの能力を発揮させることができる人間——つまりおまえだけだ」

「きみの本体に触れてない人間は、力を発揮してもらえないの？」

「当たり前だ。本体に神の力が宿っているのだから」

「じゃあ、アレクサンドルがきみの力を借りることはできないの？」

「本体に触れ、オレの言葉が理解できるようになったら別だ」

つまりそうか、アラジンのランプのようなものだ。

ランプに触れたものはランプの所有者になれる。彼の本体に触れたことのあるものは、彼の恩恵を受けることができるというわけか。

そしてその恩恵を受けられる人間は、現時点では紗季ひとり。

（そうか。なら仕方ない）

結局、どうすることもできないのだ。しかしとにかくその前に彼の本体を探さなければどうにもならない。

所有者がどうとか、そうじゃないとか、アラジンのランプとか、それ以前の問題だ。

「ジャンおじさんは？　たしか触れてるよね」

紗季の問いかけに、ティティはくすっと笑った。

「……あの男なら生きてる」

「え……」

どうして。死んだ姿を見たのに。

「あれは演技だ」

「……」

紗季は絶句した。

「あの男は……あれでなかなかしたたかな詐欺師だ。防弾ベストを身につけ、死んだふりをしてちゃんと逃げおおせている」

では、では……死んだのは自分だけ？　何ということだ。

「……っ」

思わずふきだしそうになった。

「ハハハ」

いや、ふきだしてしまった。

なんだ、思い切り泣いたのに。思い切りショックを受けたのに。現代にもどって、もしも彼に息があったなら、何とか救命できないかなどと考えていたのに。

「もう……人が悪いな。演技だったのか。でもよかった……生きていてくれたのなら」

思わず紗季は微笑した。

「おまえもアレクサンドルと同じくらいバカで、人がいいな」

あきれたようにティティが笑う。

「おっと、そうだ。ひとつ、言い忘れていたが……」

ティティは少し言いにくそうに口をひらいた。

「未来にもどりたければこちらで特殊な経験はしないほうがいい。下手にしてしまうと帰れなくなってしまう」

「特殊な経験て？」

なんだろう。ちょっとばかり興味が湧いた。

「決まっているだろ、情事だ」

つまりセックス――――。

「どうして帰れなくなってしまうの？」

「肉体が変化してしまうだろう。血がでたり、妊娠したり。おまえが誰かとセックスをすると、その人間の体内に子供が宿ってしまう可能性がある。そうすれば歴史は完全に変わってしまう」

「その心配はないよ。同性同士ならいいの？」

ティティは固まってしまった。

「それは……つまり、アレクサンドルとの事を指しているのか？　もしかしてもう寝てしまったのか？」

「いや、まだだけど」

「アレクサンドルは慎重だから安心していたが、同性でもやめたほうがいい。なにかしら肉体に変化が起きるはずだ。子供ができるとかできないとかの問題ではないが」

「そんなに大変なことなの？」

「子供の問題もあるが、そもそも愛しあってしまったらダメだと言うことだ。魂が互いに入り込んでしまった段階で、もう離れられなくなってしまう。そうなったとき、魂の一部分をここに残して未来にもどってしまうことになるからな」

「じゃあただのセックスだったらいいわけ？」

なおも問いかける紗季に、ティティはふっと笑った。

「さあな。そんな人間の細かな事情はカエルのオレにはわからないな」

「いい加減だね」

「そうかな？　無責任なことは言いたくないだけだよ」

こういうところ、アレクサンドルに似ているかもしれないと思った。

さすが親友。

「ところで、オレの本体だが……シノンの森にはなかったんだな」

「うん、だいたい見当がついてる」

「なら、さっさとさがすんだ。ベルサイユで婚約報告の義務を終えたら、すぐに元いた時代にもどしてやるから」

「……うん」

ティティの言葉が重くのしかかる。

未来に帰って幸せになれるのだろうか。未来に帰ったらアレクサンドルがどうやって死んだか、それがわかるだけだ。

そのためだけに帰るなんて辛い。

けれどそこで生きていくことがもともとの自分の人生だと思うと……。


それからしばらくして、馬車で連れだってベルサイユ居住区にあるアレクサンドルの邸宅に向かった。

修道院長に会えなかったことでアレクサンドルは少し落ちこんでいた。

やはり修道院長のことが好きなのだろうか。

そんな気がしたが、前のような寂しさはなかった。なぜならこの人が生きているだけでいいと思ってしまう自分がいるから。

アレクサンドルの本当の婚約者が現れて役目が終わって、それでも未来に帰らなかったらどうすれば良いのだろう。

あの修道院で働かせてくれるだろうか。菓子職人兼料理人として。

「ここがベルサイユ居住区での私の家だ」

ジャンの邸宅は、本当に目と鼻の先だった。

そして思ったとおり、紗季が育ったシャトーホテルの別館のあたりがアレクサンドルの邸宅だった。この跡地で暮らしていたなんて。

ここから見えるベルサイユの風景は、シャトーホテルから見ていた光景とそう変わらない。

(でも……今、侯爵家の跡地はない)

どういう歴史をたどったのか、なんでもっと歴史をしっかりと勉強していなかったのか、猛烈に後悔する。

アレクサンドルと約束をしていたので、ベルサイユ居住区に着いたあと、ふつうは奥方がそんなことは決してしないのだが、彼のためにお菓子を作ることにした。

木苺だけでなく、今はビルベリーがとてもたくさんとれる。

この時代らしく蜂蜜《はちみつ》をふんだんに使って、生地にもやわらかさが出るようにメレンゲを含ませて、ダッコワースのような食感にして、その間にビルベリーをたっぷりと入れたミルククリームをはさんだ。本当はバニラケーキを作りたいのだが、この時代にあったのかがわからないのでやめた。

「これが紗季の自信作?」

椅子に座り、幸せそうな顔でアレクサンドルが話しかけてくる。歴史書によると、ダッコワースはもっと前からあったはずだから大丈夫だろう。

「すごい、なんておいしいんだ」

アレクサンドルはとても嬉しそうに食べてくれた。

「さあ、きみも座って食べて」

「え、ええ」

うながされるまま、彼の隣に座ると、フォークでダックワースのかけらを紗季の口元に運んでくる。

「ここにいてずっと作ってくれたらいいのに」

「でも……」

「ここでの生活はいやか?」

「……」

そうではない。ただ……。

「あの……じゃあ、本当の婚約者が現れたとして……そのあと、ぼくが元の世界にもどることができなかったらここで料理人として雇ってもらえますか?」

「ここで働きたいのか?」

「ええ、働くところがあればいいなと」

「働きたければ働けばいい」

「本当に?」

「きみがしたいようにすればいいんだ。私はそれが一番いいと思う」

「あなたは……どうして欲しいんですか？」

「だから言っただろう、きみのしたいようにするのが一番だと。前に言っただろう、人生は一度しかないんだから、自分で決めないと」

したいようにする。未来をどう選択するか。

一番当然と思えるのは、ティティの本体を探して未来にもどることだ。

だが、それ以外にもいくつも選択肢がある。

自分はどうすべきなのか。

その答えがまだはっきりとわからないし、どうすればいいのか迷っている。

ぼくはどうしたいのだろう。


その夜、ベルサイユの晩餐会に向かうことになった。

いよいよベルサイユにデビューするのだ。

「国王より目立たないようにしないといけないんだよ」

アレクサンドルはそう言って、装飾が少なめのシックな雰囲気の上着を身につけた。それがより彼の美貌を際立たせているようにも感じるが。

濃紺の帽子、同系色の羽飾り、そして上着とズボン。金ではなく、銀が施されている。

そして若々しい婚約者らしく、紗季には薄い水色のドレス。けれど髪飾りと胸元のリボンや首につけたバラの花は淡いピンク色になっていてとても清楚な雰囲気になっている。

「国王に気に入られないよう、可愛いけど、好みじゃないように仕立てないとね」

「え……」

「国王は、最近、妖艶系ではない女性のほうが好みのようなんだ。だからきみもまずいんだけど、ちょっと子供っぽくて、色気が足りないから、何とか大丈夫な感じだね」

「……男だとわかったら、すぐに捨ててくれますよ」

「それはあり得るね。国王陛下はとにかく女性が好きなんだ。でも彼の父親は違うんだよ。男色で有名だったからね」

それは学校の授業で習ったことがある。ルイ十三世は男色だったと。そのせいでなかなか子供が生まれなかったという話も聞いた。

馬車に乗り緊張しながらベルサイユ宮殿へと向かう。

何度も観光で入ったことがあるが、現実にここが利用されているときに入ったことは一度もない。

当たり前のことだが。

「なに、この子が婚約者なの？」

「どうしてこんな地味な子と付きあっているの、アレクサンドルともあろうひとが」

控え室に向かう途中いろんな貴婦人が声をかけてきた。

大変不釣りあいなふたりと思われているようだ。

「おもしろいからだよ。さあ、邪魔をしないでくれ」

アレクサンドルは楽しそうにそんなふうに言いながら人のいない庭先に連れていってくれた。ベルサイユの庭はまだ紗季の時代のような完成形にはなっていないようだ。

あまりよく知らないけれど映画を見た記憶がある。

ルイ十四世が才能ある庭師を気に入って、現代の観光客がよく知っているあの幾何学模様の庭園を作ったのだ。

だが、今はまだその途中らしく、整ってはいるが、未来の庭園とは違うように感じられた。

「気に入っている理由……おもしろいって……言ったけど、かわいそうだったからじゃなかったの?」

薔薇の茂みの前のベンチに座り、問いかけると、アレクサンドルは笑顔で答えた。

「だって、ならずものに狙われていたんだろう。そこからしてなかなかじゃないか」

ああ、そういうことか。

「あの、アレクサンドルは、どうしてあの人たちみたいにウィッグをつけたり、つけぼくろをしたり、お化粧したりしないんですか」

「きみは……している相手の方が好き?」

「え……」

一瞬、想像して首を左右に振る。

「まさか」

「よかった、だったら私もする気はないよ」

「それって、ぼくがそうだからですか?」

「うーん、そうだね、そういうことにしておこうか」

「じゃあ、ぼくが化粧して欲しいって言ったらしますか?」

「して欲しいの？」

興味深そうに顔をのぞいてくる。

「え……いえ」

「だったらどっちでもいいじゃないか。私が化粧をしたくなかったとしても、きみが化粧男を好きじゃなかったとしても結果が同じなら」

「まあ、そうですけど」

なんか……なんかよくわからないけど、彼らしい回答だ。

「おや、こんなところに楽器が落ちている」

ベンチの横に楽師の忘れ物なのか、バイオリンがあった。

「ああ、多分、若くて綺麗な楽師のものだ。今ごろ、茂みで濃厚なあれこれをしているよ」

「え……」

「このバイオリンの持ち主は、そうだな、きっと年上のマダムか、色事にたけたムッシューあたりとめくるめく情事を楽しんでいるだろうと言っているんだよ」

「茂みの奥で？」

「ベルサイユでは日常茶飯事だ」

アレクサンドルが当然のように言うのできっとそういうことなのだろう。

「日常的に茂みのなかでするってすごいですね。貴族って……」

「貴族じゃない人たちがどういうことをしているのか私は知らないけれど、未来ではそういうことはしないのか？」

未来のことは言えないので、紗季は笑ってごまかしておいた。

「いいバイオリンだ」

感心したようにバイオリンを吟味している。

「それ、他の人のですよ、勝手にさわったりして」

いいのですか……と問いかける前に、アレクサンドルはバイオリンの弓をとって軽やかに演奏し始めた。あまりのきれいな音に、はっとした。

そうだ、これまで聞こえていたのって。

「もしかして、あなたがいつも演奏していたのですか」

「いつもって？」

「ぼくが寝ているとき」

「聞こえていたんだ」

少し照れたように微笑する彼の笑顔に、また胸が甘く疼く。と同時に、喪いたくないという気持ちが芽生えてくる。

「迷惑だった？」

「とんでもない。でもどうして」

「きみが心細くないように。私は学問はダメだが、ダンスや音楽は、天性の才能があったらしく、大して練習をしなくても上手にできるんだ。そんな天性の才能を生かして、きみに心地よい眠りをと思って演奏していたんだよ」

「……」

そんなやましいまなざしで見つめないで欲しい。紗季は視線を落とした。

そのとき、そこに石碑らしきものがあることに気づき、ハッとした。

「これは……」

あの石碑、見覚えがある。ティティの本体の横にあった石だ。

「知っているのか」

「え、ええ。あの、これと同じ素材の石の像って見たことありますか？」

「ああ、我が家の地下室にいっぱい転がっているよ」

「――――っ！」

「地下というか、自然にできた地下の空洞があるんだが……そこにティティによく似たカエルの置物もあったよ」

「カエルの？」

「ああ、そう。我が家に」

やっぱり、そこにあるのだ、ティティの本体は。

8　愛のバニラケーキ

「さあ、行こうか。そろそろ舞踏会の時間だ」

　宮殿から聴こえてくる音楽が変わると、アレクサンドルは紗季に手を差し伸べて立ちあがらせようとした。

　そのとき、自分たちが数人の近衛兵に囲まれていることに気づいた。銃をむけられ、行く手をはばまれている。

「まいったな、あと少しだったのに。紗季……きみは後ろに」

　アレクサンドルは紗季をかばように立ち、片方の手で胸から銃を出した。いやな予感がする。

（まさか。まさか……）

　全身が総毛立つ。紗季は息を殺し、様子をうかがった。

「アレクサンドル、残念だが、国王の謁見は中止だ」

　近衛兵のむこうから現れたのはジャンだった。

　やっぱり。ああ、アレクサンドルが殺されてしまう。

　絶望が胸を覆う。どうしよう、どうすればいい？　ここで彼を助けるには。だが、それが正しい歴史だったら。

「きみにスペインとのスパイの疑い、私的財産の不正取得の嫌疑がかかっている。無実が証明されるまでベルサイユ宮殿での国王との謁見はなし。その前に、じっくりと取り調べさせてもらう。正式な高等法院の許可ももらっている」

前から問題になっている件だ。アレクサンドルは無実なのに。

「わかった、抵抗しても無駄なようだな。おとなしくお縄になるとするよ。だからお手やわらかに頼むよ」

アレクサンドルは銃を胸にもどし、両手をあげた。

「素直じゃないか」

「ええ。争いごとは苦手でね。あちこち繊細にできているんだ、どうか優しく接してくれ」

弱々しく言うアレクサンドルに、ジャンがくすっと笑う。

「では、元帥どの、連行しろ。大貴族だ、丁重にな」

ジャンが命じると、衛兵たちが銃を下ろしてアレクサンドルに近づいてくる。

「え……」

いいの、それで——と思った瞬間、アレクサンドルは一歩下がった。と同時に、紗季が頭にかぶっていたベールをとって衛兵たちの視界を奪うように投げた。

「さあ、いくぞ」

アレクサンドルは紗季の手をとり、庭を進んだ。

「追え、追うんだっ！」

「待て！」

後ろから追ってくる。ドレスのせいで走りにくい。紗季が転びそうになるのをとっさにアレクサンドルは腕で支えると、薔薇の茂みの間にわけいった。

ああ、どうしよう。不安だ。「あの日」が今日だったら。あるいは明日だったら。

いばら姫の森のように、トゲのある薔薇と薔薇とがうっそうと群生している一角だった。衛兵たちが次々といばらに絡まれて銃を構えることもできないでいるのとは対照的に、アレクサンドルは見事にトゲのある薔薇を避けてその奥へと進んでいく。

気がつけば、誰も追ってこられなかった。

「すご、くわしいんですね」

「眠っているきみを見つけたとき、くわしくなった。ここは以前にティティを追いかけて通りぬけた道のひとつだ」

むせそうなほどの甘い薔薇の香り。どこからともなく水の匂いがする。

月明かりがやるせなさそうなアレクサンドルの顔を照らす。

「ベルサイユデビューは……無理だったな」

紗季の手をとり、アレクサンドルは薔薇の庭園を抜けると、宮殿の裏手へとむかった。

薔薇の棘で傷つくことを覚悟したかのように、アレクサンドルは紗季を自分の身体で覆いながら、茂みの真ん中に飛び込んでいった。

「……っ」

するとその奥の半地下のようになった場所に通路があった。

天井の明かりとりのようなところから、かろうじて月の光が入ってくるだけの暗い空間は、空気が滞留している場所特有のカビ臭さが漂い、ひんやりとしていた。

そのまま迷路みたいな地下道をためらうことなく進み、やがて重い鉄製の扉の前に出る。

「ここは我が家の地下庭園だ」

器用に鍵《かぎ》を開け、アレクサンドルは紗季を中に招いた。

(こんな場所が……)

邸宅の庭園の下に広がっているのは、純白の鍾乳洞《しょうにゅうどう》だった。

「ここは、我が家の井戸に通じている。そこが明かりとりになっているんだ」

艶やかなプラチナ色の鍾乳石が上方からの月明かりを反射し、水晶のようにまばゆく煌めかせている。そしてその中央に、純白の睡蓮が咲いている泉があった。

これまでの比ではない、鍾乳洞全体に、濃厚で甘い睡蓮が馥郁《ふくいく》と香っている。

「こんな場所が……」

ゆらゆらと揺らめいている透明な水をじっと見つめていると、水底がうっすらと赤金色に光っているのがわかった。

もしかすると、あれは……。

手が熱い。かつてティティの本体に触れた手が。

「あそこにきみのさがしているものがあるだろ。きみを未来にもどせるものが」

睡蓮の池のほとりに立つと、アレクサンドルは紗季から手を離した。

「知っているのですか」

紗季は驚いた。

「子供のころ、母から聞いたことがある。願いを叶えることができるケルト由来の神の石像がここにうまっていると。もともとはシノンの森にあったが、こっちに移したようで」

彼に『眠り姫』の話を教え、愛について語った母親。どんなひとだったのだろう。

「ティティはその化身だとも語っていたよ」

「それもご存知だったのですか」

「きみはティティの本体に触れてこちらの世界にやってきたんだね」

アレクサンドルが水の底に視線をむける。

そこに本物の石碑とカエルの石像があった。真っ白な睡蓮の花が揺れる水の底。絡まりあう茎や葉の影にひっそりと。

けれどうっすらと赤く光り、手をかざすとはっきりと赤くなる。

「ティティをここに連れてきて早く身体にもどしてあげるべきだとわかってはいたけど、あまりに彼が可愛くて、手放せなかったんだ」

「……っ」

このひとはなにもかもわかっていたのか。

「それに……本当に心の底からの願いに気づくまで、彼の本体に触れてはいけないように思っていたんだ」

アレクサンドルは、改めて紗季の手をとった。

「紗季、さあ、一緒に水の底に。水深はそう深くない。私が手助けする。だから一緒に。そして彼に触れて。そして祈るんだ。彼はね、たった一度だけ、人間の願いを叶えてくれるんだ」

一度だけ？　では自分が願いを叶えたら……。

「あなたは……願いごとはないんですか」

「特にない。だって、これだけ綺麗で、お金持ちで、みんなから大事にされて……これ以上、私がなにを望むっていうんだ？　別に賢い頭も欲しくないし、数字の計算ができるようになりたいわけでもないし」

明るくさわやかなアレクサンドルの笑みが紗季には切ない。

「ああ、強いてあげれば、きみを見送りたいなーということくらいかな。おもしろいじゃないか、水の底から未来に帰る人間を見送るなんてさ。だから、きみは何も気にせず、未来に帰りたいと……強く祈るんだよ。そうしたら、きみはそのまま元の世界にもどれるはずだ」

「ちょっと待って。そんな……いきなり。ぼくはベルサイユに。それにさっきのスパイの疑惑に対しても」

「あれは何とかなるよ。それに……実は、今朝、連絡があってね。シモーヌがもどってきたんだよ。だからもうきみは必要ないんだ」

「あの……シモーヌって」

初耳だ。誰のことだろう。

「あ、間違えた、ごめん、グレースだった。さあ」

アレクサンドルはくすっと笑った。

「もうぼくは必要ないってことですか」

「そう」

「わかりました」

辛いけど。それなら仕方ない。胸の奥でなにかがぐしゃっと音を立ててつぶれる気がした。何だろう、とても大切なものが。

「では、これをお返しします」

指輪を返そうとすると、アレクサンドルが首を左右に振った。

「それはきみに。餞別《せんべつ》だ」

魔除を意味するもので、代々伝わる大事な指輪だったはずだが。

「高価で神聖なものじゃないんですか？」

「まあ、高価といえば高価だよ。でもそんなもの、うちの家には数えきれないほどあるしね。未来で売って、当座の生活費にでもすればいい」

からっとしたアレクサンドルの口調に違和感をおぼえる。妙に明るいというのか。

「さあ、行くよ」

アレクサンドルがそのまま泉に飛びこもうとする。

「ま……ちょっと待って。あの……訊きたいことが」

「え……」

彼の動きが止まり、紗季はアレクサンドルを見あげた。

「あの……少しはぼくのこと……好きでしたか？」

「いや、ちっとも」

アクレサンドルはにっこりと、しかも当然といった笑顔で返した。

「……本当に？」

「本当に本当だよ。これっぽっちも、まったく、どうしようもないほど、全然、ちっとも好きじゃなかったよ」

にこにこと楽しそうにしている笑みに、紗季は小さく息をついた。

「何度も好きだと言ったのに」

「あいにく私は五分前に言ったことは忘れる性格なんだ。だから気にせず、とっとと未来に帰ってくれたまえ。私は晴れてシモーヌと結婚するから。さあさあ、さようならだ。アン、ドゥ、トロワで跳びこむよ」

アレクサンドルはもうずっと微笑を見せたままだ。でもえくぼはない。

そう、それならいい。

「さあ、アン、ドゥ……と言いたいところだけど、別れのキスくらいしておこうか」

「……っ……」

アレクサンドルが紗季の身体のむきを変えて腰に手をまわしてくる。触れあう唇。

「……」

何度もキスをした。でも一度も寝ていない。それらしきことすらしなかった。

寝たら、未来に帰れないなんて知らなかったけど……もしかして、アレクサンドルは知っていたのだろうか。

「……っ」

キスをしていると、自分がこの人をどうしようもなく愛していることがわかる。

だから胸がひき裂かれそうだ。

涙が出てきそうだと思ったそのとき、紗季ではなく、アレクサンドルの瞳がうっすらと濡れ、涙がほおに流れていくのがわかった。

「……っ」

彼の青い目が濡れ、涙がぽろぽろと。

「どうして……」

彼の腕をつかみ、その顔を見る。しかしさっと彼が視線を逸《そ》らす。

愛してくれているのだ、瞬時にそう悟った。

愛してくれているから、未来にもどそうとしてくれている。

愛してくれているから、たった一度、願いを叶えてくれる石像の権利を紗季に譲ろうとしている。

愛してくれているから、紗季を抱かなかった。

そうだ、このひとは全部知っていて……。

「……サビーヌのこと……好きなんですか？　ぼくではなく」

紗季は震える声で言った。

「ああ、サビーヌが一番好きだ」

その言葉にクスッと紗季は笑った。

「シモーヌじゃなかったんですか」

「そうだ、シモーヌだ」

ああ、また、間違えた。婚約者はグレースだよ、グレース。と言いたいが、やめた。

そして決意した。守ろう、この人を。『あの日』がこないように。決して決してくることがないように。

（父さん、母さん……ぼく……ここで生きていくよ。お墓参りできないけど。でも愛しているから、どこにいても。大好きなあなたたちのように……ぼくも愛したいひとができたから）

紗季は水の底に沈んでいるティティの本体をいちべつしたあと、大きく息を吸ってアレクサンドルを見あげる。

「アレクサンドルさま、知ってますか、この国に百年後に革命が起きるのを」

そう口にした瞬間、アレクサンドルの顔がこわばる。

「き……きみは……」

紗季は自然とほほえんでいた。

「知ってますか、この国に革命が起きて、それからフランスは共和制になって、ナポレオンというのが現れて、それから……」

「やめろっ！」

叫び声が鍾乳洞に反響する。とっさにアレクサンドルが紗季の口元を手のひらでふさいでいた。

「……っ……言っちゃいけない、未来のことは」

「言いました、もう遅いです」

絶望的な顔でアレクサンドルが目を細める。やっぱり思ったとおりだ。このひとは自分をとても深く愛してくれている。

「いいんです、自分のために残ろうと決意したので。自分自身のために。一度きりの人生、後悔したくないので」

「紗季……」

迷いも後悔もない。こうすべきだとずっと心のどこかで気づいていた。

でも常識やルールで考えると、自分は二十一世紀にいなければいけない気がして。

だけどこの人の言葉がそれを変えた。

『周りの目や常識に縛られて人生の選択を選ぶなんておかしいよ。きみはきみ、他人に迷惑をかけたり、犯罪をしたり、神に背くような行為をしなければ、一度きりの人生、きみが幸せだと感じることをしないでどうするんだ』

あの言葉に背中を押されている。

一度きりの人生。そう、たった一度しかないのだ。

未来にもどったら二度とアレクサンドルには会えない。初めて人を愛したのに。初めて大好きだと感じる人に出会ったのに。

そして初めて一緒いて幸せだと思える人との時間を得たのに。

だから迷いも後悔もない。未来の自分にさよならして、今の自分を大切にしよう。

「あなたはもうすぐ死にます。それがわかっていて未来にもどっても意味はないです。あなたを死なせないために残ります」

「……っ」

「ジャンがあなたを殺して、その返り血をこのティティが浴びてしまうんです。そうならないようにどうか」

切なそうにアレクサンドルが紗季を見つめたそのとき、いきなり水の底が揺れた。渦を巻くようにして睡蓮の花がゆらめいたかと思うと、底に沈んでいた石像のはずのカエルがティティに姿を変えた。愛らしい顔をしたカエルが水面にひょこっと顔を出す。

「え……」

ふたりが驚いた顔でティティを見ると、彼は嬉しそうな顔でにっこりと微笑した。

「ありがとう、オレ、ようやく本当の身体にもどれたよ」

「はあ？」

「おまえたちが自分たちの命よりも相手を大事に思って愛を貫いたとき、オレも本物の魂を手に入れることができるんだ」

するとアレクサンドルは信じられないものでも見るような目でティティを見つめた。

「え……では、未来にもどらなければ、紗季がルイ十四世の愛人にされ、弄ばれるだけ弄ばれて娼館に売られた挙げ句、アメリカ大陸に奴隷として売られたものの、海賊にさらわれ、彼らの秘密の島で凌辱三昧の目にあう……というのは？」

え……何なんだ、その、ありえないほど残酷な物語は。

「かもしれない、というだけのことだ」

「そう言ったじゃないか、ティティ、紗季を看病していたとき、いきなり現れて喋りだして」

え……どういうこと？　アレクサンドルの前でもティティはお喋りをすることができるのか。

「あのとき、おまえは本気で祈っただろう、紗季を助けてくれって。それ以来、おまえの耳にオレの声が届くようになった。だから、おまえの愛を試そうと思って」

「ひどいよ、ティティ。私がどれほど苦しんだと思うんだ」

アレクサンドルがティティを捕まえ、拳《こぶし》を丸めて彼の頭をぐりぐりとする。怒って、というよりは、拗《す》ねている感じで。

「まあまあ、おちついて。これからいいことしかないから」

「あ、ちょ、ちょっと待って。じゃあ、アレクサンドルが殺されて早死にするというのは？　それってジャンにアレクサンドルが殺されるってことだよね」

「それは本当だ。もうその可能性はなくなったけど」

「では……」

アレクサンドルは切なそうに紗季を見た。

「もうきみを諦《あきら》めなくていいのか。きみをとことん愛していいんだね」

ティティが答える。

「お好きにどうぞ。ふたりで未来を作ればいい」

「……」

ああ、身体から力が抜けそうだ。

ホッとして。と同時に、あまりに嬉しくて。

よかった。もうアレクサンドルが早死にする可能性はなくなったのだ。

あまりのうれしさに紗季は涙を流しながらアレクサンドルを抱きしめた。同じように彼も抱きしめてくる。その様子をティティは幸せそうに見ていた。

「……後悔はしないね」

「はい」

未来にはもどらない。この世界で生きていく。そう決めたら、いろんなことが軽くなった。

ここでのすべてを受け入れ、アレクサンドルと生きていく。


鍾乳洞の外に出て庭に出たそのとき、ギイが近衛兵に銃をつきつけられていた。

「すみません、アレクサンドルさま……」

そうだ、解決していない問題がまだあったのだ。こっちの世界のジャンにアレクサンドルが殺される可能性はなくなったということだが。

「全員、捕まえる。この従者も、そこの婚約者もひっくるめて。全員、仲間だろう。アレクサンドル、スペインとの貿易の証拠があがっている。貴様の領地でしか咲かない薬草がスペインで売られていたのだからな」

ジャンが衛兵に命じて、今度こそ逮捕しようとした瞬間、いきなりそこに黒いシスター服姿の院長が馬に乗って飛びこんできた。

「待ちなさい、ジャン、あなた、なにをやってるの？」

馬から飛び降り、院長はジャンの前に立ちはだかった。

「マリ・ルイーズさま！　どうしてこんなところに、しかも馬で」

ジャンが驚いて、衛兵たちに銃を下げるように命じる。

「ジャン、あなたが黒幕だっていうのはわかっているわ。レベッカと自分との間にできた息子をかわいがるのもけっこうだけど、そのためにアレクサンドルを逮捕するとは、どういうことなのよ」

黒幕はジャン。しかもクレマンの実の父親だって？

「しかし、では誰がスペインに薬草を」

「よくよく考えてもみなさい。こんなわかりやすい男にスペインのスパイなんてできると思ってるの？　それに密輸ができるだけの商才なんて、この男にはひとかけらもないわよ」

院長が大声で言うと、そこにいる全員が残念そうな顔でアレクサンドルに視線をむける。ギイでさえも。

「あの……院長……私をけなしているのでは」

よくわかっていらっしゃる……とは口にできない。

「けなしていないわ、本当のことよ。あなた、計算ができなくて、商人と旅していたときもカモにされるだけされて、最終的に見捨てられたって言ってなかった？」

「あ……ああ、指より多い数字は苦手で」

アレクサンドルは苦い笑みを浮かべた。

「でしょう？　詐欺にもあっていたわよね。財布も宝石も何度もすられていなかった？」

「たくさん持っているし、いいかなと思って」

ああ、めちゃくちゃアレクサンドルらしい。

「そもそも、アレクサンドル……あなたにスペイン語ができるの？」

「……」

一瞬、アレクサンドルは硬直し、首をかたむけた。

「スペインて……フランス語を話すんじゃないの？」

アレクサンドルが紗季に耳打ちしてくる。さすがだ、大学を退学になっただけのことはある。

「スペインはスペイン語ですよ」

紗季はしらっとした態度で返した。

「そう、スペイン語よ。ここで何でもいいから、口にしてごらんなさい」

「あ……わかった。あれです、グラツィエ」

「それはイタリア語よ」

「ああ、そうでした。スペイン語ね、スペイン語はそうくわしくはないけど、挨拶くらいならできますよ。ボン・ディアです」

「ええ、ポルトガルとカタロニアではそういったわね。スペイン語は、ブエノス・ディアスよ」

「ああ、似たり寄ったりだからつい」

「どこが」

院長の言葉に、衛兵たちまでがくすくすと笑い出す。

「この男……やはり噂どおりの……」

そこまで言ってジャンが口ごもる。バカだったのか、とは、さすがにジャンも言えないようだ。

「だが……それでは誰が薬草をスペインに」

シスターはくすっと笑ったあと、さも自慢そうに親指で自分を指差した。

「商売人は私よ」

「えええええっ！」

全員の叫び声が庭園に鳴り響く。

「逮捕したければすればいいわ」

「……国王の縁戚《えんせき》のあなたがどうして」

「儲《もう》かるからよ」

院長はにっこりと微笑した。

「売っているのは、薬草よ。それをスパイと勘違いしたのはそっち。スペインとの商売を邪魔するなら、ジャン、あなただって容赦しないわよ。それこそ異端審問会に訴えてやるわ。アレクサンドルとその婚約者をレベッカとともに毒殺しようとした恨み、ただでは済まさないから」

「待て。私はただ自分の息子を守りたくて。こんなバカが継ぐよりクレマンがいいと」

「まあ、バカはあなたよ。クレマンなんて、レベッカが別の男との間に作ったかもしれないのに。夜な夜な男と寝ているような女」

院長……それは言い過ぎでは。

「あの、夜な夜なではないかと」

「あなたは黙ってなさい、アレクサンドル。悔しくないの？　殺されそうになったのよ。このどうしようもないバカに」

「それは許せないことではあります」

「でしょう、こんな男とレベッカにしてやられてたまるものですか」

「マリ・ルイーズさま、あなたもさっきからかなりひどいことを口にされていますよ。いくら実の息子だからって、アレクサンドルどのを甘やかしすぎてませんか」

ジャンの言葉に、紗季はひっくりかえりそうなほど驚いた。

え……。息子?

「え……え……ええっ!」

思わず声をあげて、口をパクパクしている紗季に気づき、院長はさらに笑みを深めた。

「そうよ、実の息子よ。あの、レベッカのせいで追いだされたの。だから亡き者にされそうになっているかわいそうな一人息子を守らなければと思って」

院長は今度はジャンをにらみつけた。

「あなたもあなたよ。クレマンもあなたの息子の可能性があるかもしれないけど、正真正銘の国王の息子を殺そうとするなんて」

シンと静まり返る。

「国王の……息子?」

さすがにアレクサンドルもびっくりしたようだ。

「そうよ。夫はそれを承知で結婚したの。国王の弱みが欲しかっただけ。私も息子を庶子にしたくなかったから結婚したの。ルイとは若い日の想い出でしかないわ。でも本気で愛したのよ。ルイは大勢の一人として扱っていたけど。でもちゃんとこの子を息子だとわかっているわ。だからなにがあっても、ルイは私たちには手出しできないのよ」

「とにかく幸せになるのよ。紗季とふたりで」
「はい、母上も」
「寄付もたのんだわよ」
「私が寄付などしなくても、誰よりも稼いでいるくせに」
「そうね、恋愛はダメだったけど、事業は大成功。それに息子にもすばらしい伴侶《はんりょ》ができて、恋愛以外はすべて順調ね」

アレクサンドルの義理の弟の父親がジャンで、彼が黒幕だった。クレマンの婚約者の父親は、ジャンと同じオルレアン公の派閥のひとり。黒幕ではなく、駒《こま》でしかなかった。

そして自分はその黒幕の子孫の縁戚であり、アレクサンドルが暮らしていた邸宅で、なにも知らずに暮らしていた。

だとしたら、この転生は偶然ではなくなにかしら縁があって、必然だったのかもしれない。

それにしても国王がアレクサンドルの父親だったなんて。

アレクサンドルの母親がかつて話していた――本当に愛する相手とならどんなことでも乗り越えられる――という相手は国王だったのか。

(ことは……アレクサンドルは……王子さま?)

その翌週、よくわからないうちに密売の疑惑は消えていた。薬草の売買は修道院が独自でやっている慈善活動のひとつとして承認されたらしい。レベッカは修道院に、ジャンは取調べ中とのことだ。

そしてようやく紗季はベルサイユの舞踏会に参加することになった。

謁見の時間になり、「鏡の間」に向かった。

「王家にふさわしい世界でも唯一無二の美しさ」

誰かがそんなふうに語っていたと、観光用のパンフレットに書かれていたのを記憶しているが、庭園同様にここもまだ今の段階では完璧に完成しているようではなさそうだ。

それでも大量の鏡とシャンデリアは変わらない。

鏡はものすごい高級品だった聞くが、これだけの鏡をふんだんに使えるのは相当な財力がなければ無理だろう。

（だから革命が起きるんだよ、とか言いたくなるけど……）

見あげると、第一画家ルブランの手掛けた天井画。政治と軍事面での偉業が描かれているのは今と変わらない。

国王陛下は肖像画よりも少し若かったけれど、想像していた通りだったので驚きはしなかった。それよりも貴婦人たちがあまりに派手で華やかなのでびっくりした。

本当に映画のなかに入りこんだみたいで緊張してしまう。

「アレクサンドル、そなたの婚約者だが、異国の血が入ってるように見える。どこの国だ」

国王陛下が玉座から質問してくる。

アレクサンドルに連れられ、その前に行った紗季は教えられた通り、ドレスを持ち上げて深々と礼をした。

顔はあげないようにと言われたまま。

胸がまったくないので、バレないよう、胸元はやたらとレースや花の装飾の多いドレスを身につけているので、頭を下げているとあごに当たってくすぐったい。

「イタリアとトルコ、それから遠い先祖に中国人がいるそうです」

アレクサンドル……平然とした顔でよくそんな超適当なこと言えるものだと思ったが、まあ、放っておこう。

どのみちフランス人の目から見たら東洋人なんて区別がつかないのだから。

「そうか。名前はグレース、愛称は中国風の紗季。宰相の遠縁だったな」

「はい、聖クララ修道院のマリ・ルイーズさまの推薦でもあります」

「マリ・ルイーズの。なら信頼できるな」

「はい」

「似合いのふたりだ。お幸せに」

「ありがとうございます」

一瞬の時間だった。あまりにもあっさりと謁見が終了し、拍子抜けしそうだ。

院長が細やかに根回ししてくれたおかげで、すんなりと婚約が認められ、来月早々に結婚式をあげることになった。

もともと「グレース」という人物は、アレクサンドルが母と親しい宰相に頼んで設定した架空の人物だった。だから名前を間違えていいわけではないが、それもあり、紗季はその「グレース」という設定をそのまま使わせてもらうことにした。

「よかった、これでもう安心ですね」

ほっとしてアレクサンドルとともに舞踏会会場にむかう。

何千という蠟燭にあかりが灯された会場に、優雅なバロック音楽が流れている。

「さあ、踊ろう、紗季」

ベルサイユの舞踏会。ああ、本当にそこにいるのだという実感が湧いてきて、国王に会ったときよりも緊張してきた。

ため息が出そうなほどの煌びやかさに目が眩《くら》みそうになるけれど、あまりにも華やかすぎて逆に現実感が薄れてしまいそうだ。

水流のように流れていく優雅なメヌエット、ブーレ、ガボット……。この時代の宮廷音楽は、甘く優しく、ふわふわとしたものが多い。

モーツァルトやベートーベンが出てくる前の、王侯貴族たちのための、優雅な舞踏会の音楽。

ただただ美しい旋律に乗って踊り続ける。

「きみは羽のように軽やかに踊るんだね」

それは母がバレエダンサーだったから……と、今度、アレクサンドルに話そう。父がパティシエだったことも。

未来の話をどこまで理解できるのかわからないけれど、これからは自分のことをたくさん話せるのだと思うと、喜びに胸が詰まってくる。

「……よかった、何事もなく結婚式を迎えられそうだ」

あれ以来、歯止めが効かなくなってしまったかのように、アレクサンドルはどこでもかまわず密着

してくる。愛しそうに耳元にキスされ、吐息がくすぐったくて紗季は困った顔で苦笑いした。

「っ……大勢のひとが見てますよ」

「いいよ、愛する相手に愛を表現しているだけだから」

目を細めて唇にキスしてきたり、耳のあたりに垂れた毛先をつかんでそこにくちづけしてきたり。

そのたび、胸や腹部が密着してドキドキしてしまう。

甘い睡蓮の香りが彼から感じられ、甘露にひたされているような夢心地にいざなわれていく。

ベルサイユ宮殿の舞踏会にいることも忘れ、アレクサンドルとふたりだけで夢の世界にいるような心地よい感覚。

やがて音楽がゆるやかになり、宮廷のあかりの明度が少しだけ下げられた。紗季の身体を抱き寄せ、アレクサンドルが耳元で問いかけてくる。

「ねえ……結婚前だけど……きみを抱いていい？」

「……っ」

どっと狂おしい思いが胸の奥に広がっていく。紗季は静かにうなずいていた。


ゆらゆらと揺らめいている睡蓮の泉にそっと足先をつける。ひんやりとしながらも、それでいてどこかあたたかい。

今はもうないティティの本体。そこが未来へと続く唯一の場所だった。

紗季は未来の自分にもう一度しっかりと別れを告げたくて、泉の底を見つめていた。

「こんなところでなにをしているの？」

鍾乳洞にアレクサンドルが現れた。

どこからともなくはいりこんできた蝶々がひらひらと舞いながら彼の美しい髪にとまって羽を休めようとしている。

「……後悔してる？」

泉のほとりに立ち、心配そうに問いかけてくるアレクサンドルに紗季は「ええ」とうなずいた。少し切なそうにするアレクサンドルを見あげ、指先でその唇に触れる。

「後悔してます。いっぱいいいっぱい」

「すまない」

「……違います、後悔しているのは、もっと早くあなたへの気持ちに素直になればよかったということです」

笑顔をむけた紗季にほっとしたように息をつき、アレクサンドルが唇を近づけてくる。

そっと紗季のこめかみに触れるか触れないかでキスをしたあと、睫毛を唇で食《は》んだり、狂おしそうにほおをすりよせたり……とくりかえしてくる。

「……っ」

思わずたまらなくなって息をついてしまう。彼がものすごく自分を愛してくれている、それがその唇やほおのぬくもり、吐息から伝わってきて骨まで蕩けそうになっている。

優しい泉の水音、睡蓮の甘い香り、視界でひらひらと揺れる蝶々、月明かりが照らす鍾乳石の水晶のような煌めき。

気がつけば、濃厚なくちづけかわして彼の腕に抱きあげられていた。


いつしか寝室のベッドに移動し、抱きあって衣服を脱がされていた。

キスをくりかえし、紗季の髪を愛しそうに彼が指先で撫でていく。同じように紗季はその綺麗な絹糸のような髪に触れ、ベッドのなかでアレクサンドルに身を任せた。

ベッドのかたわらには、薔薇の花が飾られている。

彼のすべてが愛しい。幸せに満たされていくのを実感しながら、アレクサンドルが紗季の手をつかむ。そして慈しむように手の甲や手のひらにキスしてきた。

「大好きだ、怖いほどどきみが好きだ。なにもかもが。一生、愛してもいいね?」

甘い言葉をささやき、なやましげに見つめられる。

一生……そう、一生、愛されたい。そして自分も一生愛したい。

たった一度の人生での、たった一度だけの恋、そして愛。

前髪の隙間から見下ろしてくる祈るような眸に、紗季はこくりとうなずいていた。

それが合図のようにアレクサンドルはそのまま紗季の羽織ものをはだけさせ、乳首に手を這《は》わせてきた。

「なにもかも愛している」

乳首の下のあたり、胸骨や鎖骨、それから腹筋、さらには腿《もも》の付け根に指先を添わせていく。彼の

指が触れるだけで、身体の奥が甘く疼き、自分が自分でなくなっていくようだ。

「ようやくきみを心ゆくまで愛せる」

紗季の反応を見て、アクレサンドルは微笑して唇を重ねてきた。

ああ、その口元のエクボがいつもより深くて艶っぽいのはどうしてだろう。

「ん……ふ……ん……」

アレクサンドルの唇が感じやすい耳や首筋を甘く咬《か》み、愛されている実感と夢心地に酔わされていく。

「大好きだ、この時代に残ってくれてありがとう」

彼の言葉のすべてが愛しているに変換されて鼓膜に溶けていく。

「ぼくこそ」

紗季の心のなかで、この人が生きててよかったと変換される。

そして彼が初めて体内に入ってきたとき、ああ、これが魂を分かちあうことなのだと身体の奥で実感した。

まさか自分が死んでしまったあと、ベルサイユ宮廷の時代に転生するかのようにタイムスリップして、こちらで暮らすことになるなんて……そんな人生になるなんて夢にも思わなかったけれど。

幸せだ、こうして愛する相手と暮らすことが。

一緒にいるだけで幸せになれるひと。一緒にいるだけでいつも笑顔になれるひと。

そして自分を愛してくれる最愛のひと。

その幸せを感じながら、紗季はアレクサンドルの腕の中で幸せな時間を過ごした。

エピローグ

優しい夏の朝の陽射しに包まれた聖クララ修道院の来客用テラスに、甘いバニラとミルクバターの香りがあふれている。

あのとき——未来で殺された日、作ろうとして作れなかった新作のバニラケーキ。

それが完成しようとしていた。

花嫁修業期間は終了したが、一応、厨房では、シスターの服で料理をし、そのあと外では、いろんなお手伝いができるよう、ブラウスとズボンとブーツを身につけた。

完成したのは、バニラとミルクと塩バターがたっぷりのパウンドケーキ。

修道院の場合は、かまどの火を自由に調節できないので、ずっとそばにいなければいけないけれど、その間に、はちみつにつけておいた木苺と生クリームをまぜ、バニラクリームと一緒に井戸で冷やしておく。水に濡れないように工夫しながら。

そうやってケーキの支度をしていると、アレクサンドルと院長の話し声が聞こえてきた。

「よかった、アレクサンドル、かわいいアレク……さんざんバカバカと言われて、あなたの行末が心配でしょうがなかったけど。あんなにかわいい花嫁ができてとても幸せよ」

「バカバカはひどいですよ」

「そう？　大学を追い出され、元帥の仕事もまともにできず……そんなあなたをバカと言わないで、一体なんと言えばいいの？」

やはりそんなふうに言われていたのか。

「でも、人柄は天使だし、頭ではなく心や魂で物事を判断しようとしているところに信じられないほどの賢明さを感じるわ」

褒めているのかけなしているのかわからないけれど、多分、ものすごく褒めているのだろう。

天使の人柄というのは、紗季にもわかる。

こんなに魂が綺麗なひとは、この世界中探してもいないだろう。

「まあ、だから紗季を選んでホッとしているわ。お菓子は最高だし、花嫁修業の食事当番もどんな宮廷料理よりもおいしかったし」

「花嫁花嫁って……紗季は男ですよ。それに……母上は、胃袋で人柄を判断するのですか」

呆れたように言うアレクサンドルの言葉に、院長が言い返す。

「性別は関係ないわ。なによりも気立てが気に入ったわ。だって、あんなにおいしいものを一生懸命作って、みんなを笑顔にしてくれるひとなんて、他にいないわ」

それなら、あなたの息子もそうですよ、と、紗季は心のなかで呟いていた。

「わあ、おいしそうなケーキだな」

ティティが厨房に現れ、完成したバニラケーキに感嘆の声を上げる。

「うん、多分、今まで作ったなかで一番おいしいよ」

そう、愛が籠もっているから。

来年の紗季の誕生日に作ると父が言っていた、ちょっと大人っぽいケーキ。紗季と母への愛がこめられたバニラケーキ。

その約束は果たされなかったけれど、今、こうして自分の一番愛するひとと、その母親、それから親友であるペットのために作ることができて幸せだ。

あのまま未来にもどったとしても、決して得られなかった本当の幸せ。

「ところで、紗季、結局、願いごとはどうするんだ、まだなにも叶えてないぞ」

ケーキを盛りつけている紗季の腕をティティがトントンと叩く。紗季は不思議な気持ちでティティを見つめた。

願いごと、何だろう。特にこれといってないけど。

「そうだね、ぼくの願いごとは……みんな、叶っちゃったみたいだ」

ティティが小首をかしげる。

「未来でジャンおじさんが無事に生きている。きみの本体が無事に見つかる。マリ・ルイーズさまというお母さん……家族に新作のケーキを食べてもらう。それから……一生に一度、心から愛する相手とめぐりあって、そのひととの幸せな今日を過ごせること……みんな、叶ったから。ありがとう、ティティ、ここに連れてきてくれて」

紗季が笑顔を告げると、ティティがポロリと涙をこぼす。そしてそのまま紗季の胸に飛びこんでぐすぐすと泣き始めた。

「おい、ティティ、そこで泣いていいのは私だけだよ」

厨房に現れたアレクサンドルが後ろからティティの頭をトントンと軽く叩く。

「さあ、みんなでケーキをいただこう、紗季」

アレクサンドルが来客テラスのガゼボにケーキを運び、楽しいティーパーティが始まった。

「最高においしいわね、紗季のお菓子」

「ええ、もっともっといろんなものを作るので食べてください」

「もちろんよ。修道院で売りましょう」

「それはいいですね」

夏の木漏れ陽が三人と一匹を照らしている。

鳥の鳴き声、さわやかな風、そして幸せな家族。

ようやく作れたバニラケーキを愛するひとたちが食べている。みんながおいしいと言って幸せそうな顔をしている。ずっと欲しかった時間。今日という、かけがえのない時間。

「紗季……また作ってくれる？」

隣に座ったアレクサンドルが問いかけてくる。その微笑の、とても甘く優しいえくぼを見ながら紗季は「もちろん」とうなずいていた。

ここが自分の生きる場所。愛するひとがいて、愛する家族がいて、笑顔でいられる時間。

それはこの太陽の陽射しよりもまばゆく、光にあふれているのだと感じながら、紗季はようやく作れたバニラケーキを満たされた気持ちで噛み締めていた。

あとがき

このたびはお手にとっていただき、ありがとうございます。

最近、友人が前髪を緑にしていたのがとても素敵だったので、私も思いきって毛先と内側を赤くしてみたのですが、これがなかなか楽しくて……次はもっといっぱいやってしまおうかなどと考えています。

さて、今回はいつもと少し違うタイプのお話に挑戦してみました。といっても、作者は同じなのであまり大きな変化はないかも。

当初は、異世界転生に挑戦する予定でしたが、フランスブルボン王朝風パラレルワールドを舞台にした貴族の貴公子と現代の普通の男の子の恋のお話になってしまいました。同じくクロスさんで以前に出していただいた「愛される狼王の花嫁」と似て非なる感じかも。

今回は舞台が舞台なので、ちょっと切なさを加えつつも、フランス的ラテン系のお坊ちゃんを攻にしてみましたが、思った以上に愛らしく優しい性格になった気がします。これくらい気楽に生きられたら……という気持ちで作ったキャラです。ティティも含め、紗季とのやりとり等々、楽しく書いたので、ちょっと変な雰囲気、楽しんでいただけたら幸いです。実在の人物風の名前も使っていますが、カエルがお喋りする「ベルサイユに似た空間」に転生してしまったらしい……という感じで軽く読んでくださいね。

イラストをお願いしました芦原《あしはら》モカ先生、先生らしい華やかで優雅な雰囲気に加え、アレクサンドルがひたすら美麗で、紗季は可愛くかっこよく、ティティもめちゃくちゃ可愛くてとても嬉しいです。衣装やお花、背景等々、細やかなディテールの繊細な美しさにうっとりしています。ご一緒できまして本当に幸せです。ありがとうございました。

担当様、いつもすみません。そして新しいことに挑戦させてくださってありがとうございます。魂の底から感謝しています。出版社の方々、携わってくださった関係者の方々にも心からの御礼を申しあげます。

何よりもここまで読んでくださった皆さま、本当に本当にありがとうございました。このようなご時世だからこそ、幸せなお話が書きたかったのですが、いかがでしょうか。

よかったら感想など、お気軽に教えてくださいね。

またどこかでお会いできますように。

華藤《かとう》えれな

CROSS NOVELSをお買い上げいただき
ありがとうございます。
この本を読んだご意見・ご感想をお寄せください。
〒110-8625
東京都台東区東上野2-8-7　笠倉出版社
CROSS NOVELS 編集部
「華藤えれな先生」係／「芦原モカ先生」係

CROSS NOVELS

転生したらベルサイユで求婚されました
～バニラケーキと溺愛の花嫁修業～

著者
華藤えれな

2021年6月23日　初版発行　検印廃止

発行者　笠倉伸夫
発行所　株式会社　笠倉出版社
〒110-8625　東京都台東区東上野2-8-7　笠倉ビル
[営業]TEL　0120-984-164
FAX　03-4355-1109
[編集]TEL　03-4355-1103
FAX　03-5846-3493
http://www.kasakura.co.jp/
振替口座　00130-9-75686
印刷　株式会社　光邦
装丁　磯部亜希
ISBN　978-4-7730-6090-4
Printed in Japan